# 雨だれの標本

nao yoshinaga

吉永南央

紅雲町珈琲屋こよみ

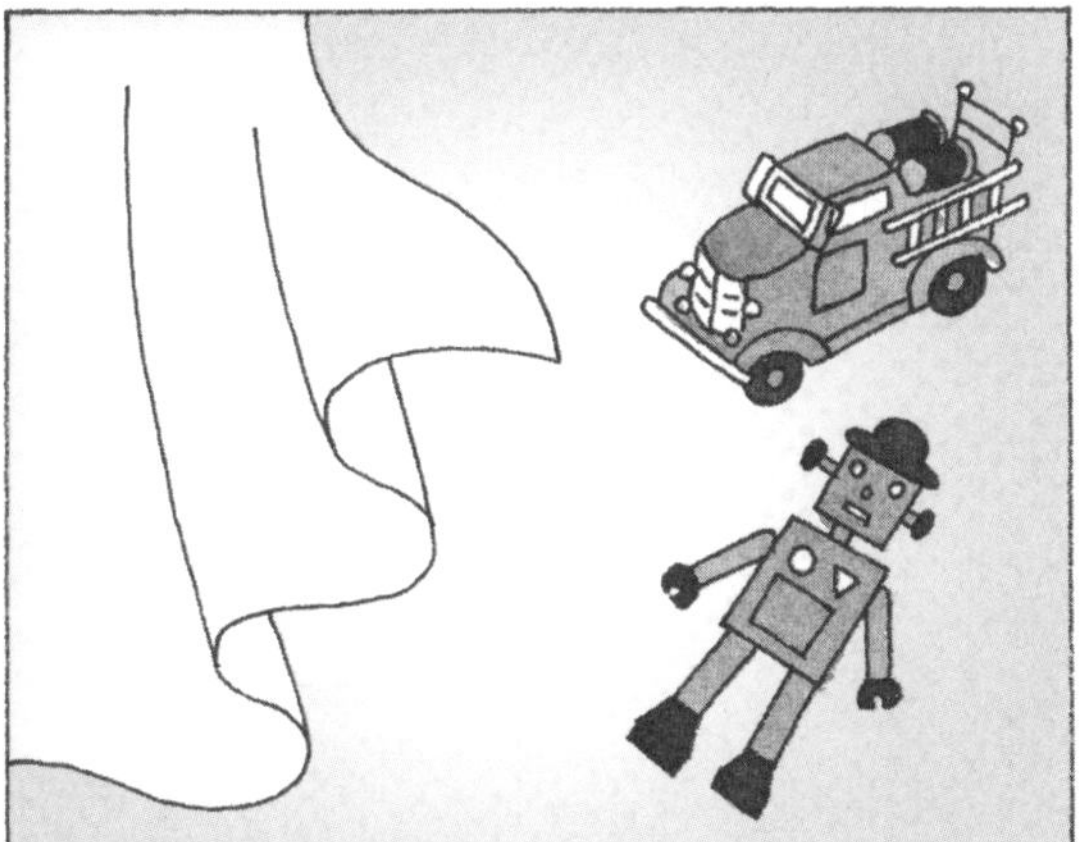

文藝春秋

目次

## 『雨だれの標本』主な登場人物

**杉浦草《そう》**　北関東の紅雲町でコーヒー豆と和食器の店「小蔵屋《こくらや》」を営む。

**森野久実《くみ》**　「小蔵屋」従業員。若さと元気で草を助けてくれる。

**一ノ瀬公介《こうすけ》**　久実の恋人。県内の有力企業・一ノ瀬食品工業の三男。

**高橋朔太郎《さくたろう》**　大卒で就職浪人中。アート作品を制作している。

**犬丸好広《いぬまるよしひろ》**　市観光課勤務。ボランティアで三山フィルムコミッションに関わる。

**沢口真一**　国内外で評価の高い映画監督。ロケ地を自分の足で検討中。

＊本シリーズは、まだスマートフォンが一般的ではなかった頃の物語です。

# 雨だれの標本

紅雲町珈琲屋こよみ

装画　杉田比呂美
装丁　野中深雪
本書は書き下ろし作品です

第一章

# 雨だれの標本

今になって、と杉浦草《すぎうらそう》はつぶやき、早朝の空を見上げる。

老いた目の先には、小さな青空があった。

梅雨の曇天が破れて、雨はほとんどやんでいた。黒い蝙蝠傘《こうもりがさ》を閉じる。日課で河原まで歩く間に紬《つむぎ》や足袋をしっとりさせた小糠雨《こぬかあめ》が、今はごくわずかで光の塵《ちり》のよう。予報より、天気はよくなりそうだ。

明るくなってきましたね、ご近所の庭から声がかかり、ええ、草は声を張った。ビニールがけの新聞を持った同年配の主婦と、朝の挨拶を交わす。

「お草さん、オリーブの花」

小蔵屋《こくらや》の客でもある主婦からそう言われ、思わず草は額に手を当てた。気の毒そうでいて笑いだしそうな、相手の何とも言えない表情に、ああ今年も見逃したのだと悟る。話には聞いていた、丘陵のオリーブ畑と、その可憐に咲いて散る小さな白い花を思う。花心に黄色みを帯びたオリーブの花を知らないわけではなかったが、北関東のこの辺りではめずらしい畑一面に咲く様を見てみたかった。

「ああ、残念。咲き終わりました？」

「梅雨入り前に。短いの」

入梅は数日前のことだ。

――いっせいに散って、木の足元を、こう、白く覆うの。

いつだったかに聞いた言葉と、宙を平らにひとなでする手つきが思い出された。

「じゃ、また来年のお楽しみ」

「ええ。また」

今度はお知らせするわ、との親切に笑みを返し、再び歩きだす。この歳で来年があるだろうか。平らかな心でそう思いつつ、草は濡れた住宅街の輝きを胸いっぱいに吸い込む。少し蒸し暑くなりそうだ。試飲用の水出しコーヒーを多めに用意しておいてよかった、器の売り場には草花で涼しさを添えよう――和食器とコーヒー豆を商う小蔵屋の店主として頭をめぐらす。

日々変える日課の道を、身体に訊いてから、少し急ぎ始める。

自宅玄関から、昼間でも電灯の必要な通路を抜けて店へ行き、出入口のブラインドがわりの簾《すだれ》を目の高さまで上げた。連日の湿気を吸い込んだ三和土《たたき》に、朝の清潔な光が広がり、白い漆喰《しっくい》壁や上の方の太い梁《はり》まで明るくなる。

と、小蔵屋の前に人がいた。

店前の駐車場と道路の境に立ち、草に向かって手招きしている。施錠してあったガラス戸を開け、おはようございますと挨拶してから顔がわかった。この紅雲町《こううんちょう》内に暮らす、やはり同年配の主婦だ。柄物のロングのワンピースを着てすっと立つ眼鏡の彼女は、あまり必要もなさそうな洒落《しゃれ》た杖を引き上げ、小蔵屋の板塀の方を指し示した。

「あれ、ひどいわね」

店舗から見て左に、今朝出したごみが散乱していた。隣家との境の板塀際に置いたのだったが、半透明の袋が破られ、瀬戸物やガラスの細かい破片が散らばっている。

草はごみのそばへ小走りに急いだ。

「やだ、また盗《と》られた……」

「また？」

「ええ、先週も」

店に早く日光を取り込みたかったのもあったが、ごみのことも気になって少々急いだのだった。

杖の先がさらに動き、観音像の立つ丘陵方向を指し示す。

「あの男の仕業」

草もそちらを見ようと、道路端へ出た。

丘陵の方へ去ってゆく自転車が、十字路を左に曲がって消えるところだった。

それから間もなく、事業ごみの回収車がやって来た。藤色の割烹着を身につけた草は、半分以下になったわれものを掃き集めて新しい袋に入れ直し、なんとか間に合わせた。

金物の洗い桶の水に花鋏《はなばさみ》の先を入れ、細い茎を少し切り落とす。

水切りした紫蘭《しらん》を、この時期の青々とした薄《すすき》と活ける。すっと葉を伸ばす二本の薄の足元に、赤紫色の蘭が鮮やかに揺れる。野の草と庭の花が、仕入れ値の張った竹とガラスの器を引き立てる。一枚の飴色をしたリボン状の竹と、ゆがみの美しいガラス。竹が四方八方へくるくると自在な曲線を幾重にも描き、両端が細い舟形のガラス器を立体的に包み込む、オブジェのような商品が今日は花器になった。細工された竹が草花を支え、水を張ったガラスが複雑にきらめく。

竹細工とガラス器をどう組ませても、別々に使ってもよいという魅力的な作品は、初夏に店頭へ並べるはずだったが、わけあって時期が遅れたのだった。すべてが手仕事のこの商品は、自然の生み出す草木のように、一つとして同じものはない。

ほれ込んだ品を前に、ほーっ、と草は満足のため息をついた。

唯一の従業員、森野《もりの》久実《くみ》も雑巾とバケツを持ったまま、隣で活け花を眺めている。

「素敵。でも、高いサンプル品ですね」

「いいのよ、これはもう私の私物」

実際、この一点は草が個人で購入したのだった。

「遅れてよかったんじゃないですか。梅雨時の、家の中をちょっと気分よくしたい時期で」

「そうかもしれないわね」

たやすく売れる商品ではないと、草もわかっている。わかっているが、一つ二つ売れるだけであっても、多くの人に見てほしかった。何より、小蔵屋がそうした場所であることが重要なのだ。単なる物販店なら、他にいくらでもある。

「それで、どんな男だったんですか。ごみ荒らしの犯人」

ああそうだった、と草は話をもとに戻す。

「どんな……か」

草はステンレスの洗い桶に手を入れ、水の底から棒茶のような茎のくずをさらう。水面に、黒いスポーツタイプの自転車、黒いリュックを背負った男が浮かぶ。服装も黒っぽい上下。あの時、あきれて主婦に目を戻すと、四角い眼鏡の縁から細い眉がきゅっと上がったのだった。

――食べられそうなものでもあったの？　コーヒー豆とか。

草は少し大げさに抑揚をつけて、いいえー、と否定した。

――店の倉庫を整理中で、そのごみですから。われものや燃えないごみばっかり。

――気味悪いわね。何なのかしら。

草も同感だった。どんな男だったのかたずねると、そうねえ、と主婦が杖を突いて小首を傾げた。

――二十代から三十そこそこ。体格は普通で、顔は……まあまあだけど地味だったわ。

草の話を聞いて、犯人と同じ年頃の久実が目をぱちくりする。

「あはっ、特徴あり過ぎ……」

久実の冗談に草が口をへの字にすると、久実も同じ表情になった。

「黒いスポーツサイクルに乗った黒いリュックの若い男なんて、いっぱいいますよね」

「誰かが怪我するようなことにでもならなきゃいいけど」

「ええ。でも、だからって、ごみは回収時間前に出しておかなきゃしょうがないし、ずっと見張ってるわけにもいかないし」

次は見張ってようか、と言った草に、そこまでしなくても、と久実が笑った。

「じゃ、開店時間まで、倉庫の片付けの続きしてきます」

千本格子の引戸から通路へと向かう久実に、重いものは無理して運ばないでね、と草は声をかける。

その無理をしてわれもののごみをたくさんこしらえたのは、草自身だった。重さに負けて商品の箱を落としてしまい、床に広げてあった売物でない古い器を派手に割った。段ボール箱の中で、さらに化粧箱と緩衝材に守られていた商品の六寸皿は一枚欠いただけで済んだが、むき出しだった家族の雑器はついにごみとなった。草からすれば本当に、ついに、だった。

太平洋戦争で戦死した兄の大ぶりな飯茶碗だの、戦中に病死した妹の赤い湯呑みだの、長生きのほうだった両親の日常使いの器だのといった安手のもので、何度も処分しようとして、自分一人になってここを建て替えた時にはなおさらそうしようとして、結局踏ん切りがつかず倉庫の奥に置いたのだったが、そのことすら半ば忘れていた。先日倉庫の大がかりな整理を始めて埃を被った蜜柑箱の中身に気付いた時、そうだ、まだ取ってあったんだった、と思ったくらいだ。包んであった古新聞紙を一つ一つ外し、刷毛目《はけめ》縦縞《たてじま》の飯茶碗が大きく見えなかった兄の手や、草にと母が買った赤い湯呑みを妹に譲った日のこと、煮物の残った蛸唐草《たこからくさ》の盛鉢《もりばち》を父に渡し、このくらい食べてしまってくださいよ、と迫る母の姿などを切りなく思い出したあとの、ガシャン、だった。

亡き家族の雑器は毎日目にする気にはなれず、捨てるには決心が要った。

まあ、これも時が来たってことか――盗られて小さな欠片《かけら》しか残っていなかった兄の飯茶碗、妹の赤い湯呑み、蛸唐草の盛鉢などを思い浮かべ、草はカウンター内から左の和食器売り場を眺める。

しばらくして開店となった。月曜なので、客の出足は遅い。

だが、今日も竹とガラスの器が人目を引いていた。

紫蘭の活け花とともに展示してある二セットを、中央の展示台をぐるりめぐって眺めたり、置き型の商品説明を読んだ末にそのプリントを持ち帰ったりする客もある。

「いらっしゃいませ」

入ってきた客に草は試飲を勧め、新しくコーヒーを淹れる。水出しコーヒーがいいという人はまだ数人だ。セロリの覗く買い物袋を提げた客は、会計カウンターにいる久実に小蔵屋オリジナルブレンドを挽いてほしいと注文し、カウンター席の壁際に座った。

カウンターとその向こうの楕円のテーブルの二十ほどある試飲用の席は、四割ほど埋まり、女性客ばかりだが、たまたま一人客のみで静かだ。湯が沸騰する音や、ケースから豆をすくう音が、静けさを際立たせる。表側にずらり並ぶガラス戸の向こうには薄日が射し、会計カウンターでは久実がまた別の客からコーヒー豆の注文を受けていた。

コーヒーグラインダーの音が響き始めると、店の固定電話が鳴った。

草がコーヒーの滴《したた》るドリッパーを外すまで出られずにいると、豆を挽き終えた久実のほうが先に受話器をとった。

「小蔵屋でございます。お待たせいたしました」

はい、市の観光課の方、ああそうなんですね、という応対が、青磁にコーヒーを注ぐ草の耳にも届く。やがて、えーっ、と久実の声が裏返った。

「あの沢口《さわぐち》監督が映画を撮るんですか？　ここで？」

カウンターへコーヒーを出した草が顔を上げた時には、客全員が久実の方を見ていた。久実があわてて口を押さえ、電話を保留にする。

その電話を、草は裏手の事務所で受けた。

「お電話かわりました。店主の杉浦です」

「お忙しいところ恐れ入ります。市の観光課のイヌマルと申します」

「イヌマルさん」

「はい。犬小屋の犬に、普通の丸の、犬丸です」

話しぶりに、どことなく愛嬌がある。草は事務机の椅子に腰かけた。

「観光課の方が、今も映画やなんかの撮影に関するお手伝いを？」

地元の三山《みやま》フィルムコミッションは観光課に設立されたが、民間へ業務が移管されたと、市の広報に以前書いてあった。その話をすると、よくご存じですね、と返ってきた。

「それが、映画についてろくに知らずにフィルムコミッションの設立に放り込まれたんですが、気がついたら虜《とりこ》になって、今もボランティアで関わっていまして。実際には、市との調整事項も多くてですね」

「今はパイプ役」

送話口を手で覆ったらしく、電話の声がくぐもった。

「おまえはどっちの人間なんだと、たまに上司に叱られますが……今も廊下から自分のケータイでかけてきてまして」

きょときょとしながら小さくなる彼の姿が思い浮かび、草はくすっと笑ってしまった。フィルムコミッションと民間の交渉ごとにも、公の名刺を持つ彼のほうがとおりがよいのかもしれない。

「映画監督の沢口真一《しんいち》さんが、小蔵屋で撮影をされたいとか」

沢口監督といえば国内外で評価が高く、海外で大きな賞を受賞した作品を、草も市内の映画館で観たことがあった。

「ええ、小蔵屋さんと周辺で。他にも検討中の場所がありまして、まだあくまで候補の段階なんですが」

他にも候補地があると知り、草はほっとした。

「あの沢口監督と伺って、小蔵屋としても名誉なことで」

そうですか、と相手の声が弾む。草は壁にかけてある日めくり暦に目をやる。

「ただ、営業時間は十時から七時、木曜定休。夏季と年末年始の休業も、長いほうではありませんし。撮影には不向きかもしれませんね」

束の間の沈黙のあと、ご検討いただけませんか、と声がした。

「その……瓦葺《かわらぶ》きの、天井高がある平屋で、趣のある日本家屋、それも生き生きとした町の中のという建物はそうなくて」

両親を看取ったあと県北の古民家の古材を使って建て替えた小蔵屋と、生まれ育った紅雲町を誉められ、草も悪い気はしなかった。しかし、一にも二にも、今の店と客を大切にしたい。

「ありがとうございます。でも、どうでしょ……」

「一度、詳しく説明させてください。地域の活性化にもつながるお話です。お願いします。よろしければ、明日にでも伺いますので」

草が返事に困っていると、また電話の声がくぐもった。

「えーと、ちゃんと役所の仕事を終えてから伺いますから、六時くらいになるかと」

ケータイに向かって小さくなる犬丸がまた目に浮かび、草は断りきれなくなってしまう。


昼時になると、いったん客が引けた。

店前の駐車場に停めてあるトラックに薄日が当たり、白っぽく光って見える。

それにしてもすごい話だなあ、と運送屋の寺田《てらだ》があらためて感心する。小蔵屋の事務所で持参の弁当をかき込んだあと、カウンターでコーヒーを啜《すす》ることもめずらしくない。

「沢口監督だったら、おれでも知ってる」

「候補に挙がっただけよ。検討中の他の場所もあるみたいだし」

草は努めて冷静に答える。

「乗り気じゃない？」

「変に話題になってもね。今の店とお客さんを大事にしたいのよ」

「うちの親父も、こういう話が来たら同じことを言いそう」

寺田が困ったような顔をして微笑《ほほえ》む。寺田の父親は人気のレストランを隣の市で営んでおり、草の旧友かつコーヒーの師匠でもある。

草は器を洗いつつ、頑固で悪うございました、と肩をすくめる。

「それにしても、話のまわりが早いな。実は、ここより先にタカハシさんから聞いたんだ」

「本屋さんの？」

「じゃなくて、自転車屋の高橋さん。紅雲中の裏の。誰かから聞いたらしくて」

草は清涼飲料水の自動販売機を店前に何台も並べた、青い幌の高橋自転車を思い浮かべ、あの時居合わせた客がそこへ話したのだろうと想像した。ちろっと久実を見やる。

休憩に入ろうとしていた久実が、ぺろっと舌を出した。寺田から、何、と訊かれ、あの電話の受け答えについて反省の弁を述べる。

「びっくりするわ、わくわくするわで、つい電話口で繰り返しちゃって。すみませーん」

「って、わけ」

「なるほど」

久実は抜き足差し足のおどけた動きで、千本格子の引戸から事務所へと行ってしまった。

「お草さん、おれ、ここに来て何分経ちました？」

「そうねえ……三十分てとこかしら」

閉まった千本格子から、草も、寺田も目を離していない。

「やっぱり一回も出ないな、一ノ瀬《いちせ》さんの話」

「そう？」

「今朝公介《こうすけ》が、それが公介ったら、って彼の名前を聞かされない日なんてなかったのに。この頃、うまくいってないのかな」

先日も言っていた懸念を、寺田がまた繰り返す。年頃の娘が二人いる寺田としては、父親の心境らしい。

「でも、元気よ」

草は自分のために、染付の古い蕎麦猪口《そばちょこ》へコーヒーを注ぐ。

「同棲にも慣れて、落ち着いたってことじゃないかしら」

寺田は、濡れた草木を思わせる織部のフリーカップに目を落とした。何か言いあぐねているのか、口の当たりをさする。

「どうかしたの」

なんとなく聞きたくないと思いながらも、草はたずねてしまった。

寺田が顔を上げ、草と視線をあわせる。

「先週、見たんだ。彼が女と一緒のとこ」

草は目で先を促す。

「ロングヘアの、きりっとした女性でね。石橋の欄干に寄りかかって川を見ながら話し込んでた。離れた場所から見かけただけだけど、真面目な話だと思う。二人とも喪服だった」

返事のかわりに、草は鼻から一つ息を抜く。

長年山登りのために多くのアルバイトをこなしてきた一ノ瀬公介は、このところ家業の一ノ瀬食品工業の立て直しを手伝い、スーツに身を包んでいた。ある意味、単独登山用の身心をスーツに押し込んでいるともいえる。ロングヘアの女性は、閉店後の小蔵屋に来たことのある山の関係の人だろうと、草は察しがついた。

――私なら、スーツに閉じ込めるような生き方はさせないわ。

奥の通路から千本格子越しに目にした、長い髪の後ろ姿が目に浮かぶ。羽織ったチェック柄のシャツ。スニーカーの上に覗く引き締まった足首。久実に対峙した彼女の声は、自信に満ちていた。

でも、なぜかその話を持ち出す気になれなかった。それで草は寺田の父である寺田博三《ひろぞう》、愛称バクサンの、レストランの名を口にした。

「石橋って、ポンヌフアンのとこの？」

「うん。親父に用があって、仕事帰りに寄ったんだ」

午後の最初の客が、ガラス戸の向こうから近づきつつあった。車を降りて蒸し暑さにうんざりした様子のワイシャツ姿は、時折訪れる外回り中の会社員だった。コーヒー豆を買うついでに試飲して休憩するのだろう。

「ああ、バクサンのお料理が恋しくなってきちゃったわ」

そう言って、草は客が入ってくるまでの間を埋める。バクサン、と口にした途端、この歳になるまで自分や友人たちにいろいろあったように、若い人たちにもこれからありとあらゆることが降りかかるのは避けられない、という思いを強くした。いらっしゃいませ、と声を張る。客の求めに応じて豆の注文を受け、水出しコーヒーを出す。カウンターの奥の作り付けの棚にずらりと並ぶ試飲用の器から、商品でもある吹きガラスを選んだ。麦芽水飴を思わせる色と質感が、厚手のグラスをとろりと甘く見せる。

「さあ、どうぞ」

「ありがとうございます。いやあ、今日は蒸しますね」

「そうですねえ。豆はただいま。あの、増量キャンペーンの葉書をお持ちでは」

ああそうだった、うちのに持たされたんだっけ、と会社員が財布から二つ折りになったダイレクトメールの葉書を取り出した。

カウンターの隅に客がついていては、続きを話すわけにもいかない。

やがてコーヒーを飲み終えた寺田は、ごちそうさま、と腰を上げた。

午後は、昼前と打ってかわってにぎやかになった。

二人連れ、三人連れの主婦たちが多く、おしゃべりに花が咲く。梅雨の晴れ間に家事を急いでこなし、昼下がりのわずかな自由時間を小蔵屋で過ごそうと集まってきたのだ。部屋が洗濯物でいっぱい、外に出るとほんと解放感ある、キャンペーンの葉書忘れてきちゃったかも、一緒に会計してあげるから、といった話が楕円のテーブルから聞こえる。

雨で売り上げの下がる時期は、増量キャンペーンの葉書が多少なりとも役立つ。

試飲の器をいくつも下げてきた久実が小声で、豆が売れてます、とうれしそうにする。草は微笑み返した。石橋に立つ喪服の一ノ瀬とロングヘアの女性。ふと目に浮かんだ、その光景を瞬きして追い払う。

「お草さん」

そう久実に言われ、草は内心どきっとした。瞳の奥を覗《のぞ》かれたように感じたのだ。

だが、久実の視線は壁際の方へ流れた。

振り返ると、草より年嵩《としかさ》の客が、ちょっといいかしら、と呼んでいた。背の曲がった小柄な身体から伸びる小刻みに震える手には、折り跡がちぎれそうなほど使い込まれた紙を持っている。古い雑貨店だった小蔵屋を一新した当時から来てくれている、紅雲町内の住人だ。

田中さん、と名を呼んで草は近づき、紙を受け取った。それは便箋で、中元や歳暮の送り先の一覧表であることは見なくてもわかっていた。厚い眼鏡のせいで大きく見える瞳が、下から草の顔を覗き込む。

「だいぶ早いけれど、お中元をお願いしておこうと思って」

「毎度ありがとうございます」

「商品はこれをお願いします。熨斗《のし》や名前は例年どおりで」

草は長年の感謝を込めて頭を下げ、贈答品の注文カードを受け取る。客は和食器売り場との境に展示してある贈答用のセットの中から、コーヒー豆とコーヒー豆の色形をした人気の砂糖の詰め合わせを選び、その注文カードをすでに持っていたのだった。

「発送は適当な時期に。お任せしますから。たとえ、私があの世でもね」

「こちらも明日はわかりませんが、責任を持って」

年寄り同士の冗談ともいえない話に、二人ともくすりとする。

「今回は御《おん》の字。暮れからこの方、一人も欠けなかったのよ」

まあ、と草は目を見開いて相槌《あいづち》を打つ。何年も使われてきた一覧には、削除の線が幾本も走っている。歳を重ねるほど、筆圧は弱まり、削除の線は波打った。ある年からは、複写式の厚い送り状を自身で書くことが難しくなり、草が代筆するようになった。駅近くで長年喫茶店を営み、店を閉じてからは小蔵屋のコーヒー豆を懇意の人々に送り続けてきた客を思うと、一人も欠けなかった今回が草自身もうれしかった。

「ただね、あの方」

相手の仕草に促されて、送り先のリストをカウンターに広げる。草同様に染みや皺《しわ》の多い手が、達筆のリストの一行を指差す。行の上部に、苦労して書かれたのだろう文字が添えられている。

「えーと、この佐藤さんは引っ越されたの。市内から市内なんだけれど、城東町《じょうとうちょう》のマンションに。ほら、町中に大きいのが建ったでしょう。外壁の一部が青い」

オフィスビルや商業施設が建ち並ぶ中心市街地の、駅に向かって左手の界隈を、草は思い浮かべた。かつては老舗の宝飾店や高級果物店などが目立つ、ハイカラな場所だった。

「ああ、昔、神戸町《こうべちょう》だったところの」

「そうそう」

送り先リストのコピーをとってきた草は、首にかけた紐をたぐって懐から老眼鏡を取り出し、客からは見えない場所にあるノートパソコンの脇から赤ペンをとって、その行へ丸印をつけておく。前回のリストがそのまま活かせると思ったが、やはり突き合わせは怠れない、と肝に銘じる。

「それから、このタカハシさんは、梯子《はしご》のほうの高ですから」

毎回の注意事項に対し、初めて聞くかのようにしっかりとうなずいた。支払いは今月中でかまわない、発送は来月からだからと伝えたが、客が首を横に振る。

「いいの。ひと月ほど東京の息子夫婦のところへ行くのよ。旅行へ行ったり、お芝居観たりもする予定」

「あら、いいですね」

「家の狭さと、きかない孫に辟易《へきえき》したら、さっさと帰ってくるかもしれないけれど」

「新幹線で一時間ですものね」

年寄り二人の笑いが、周囲の客や久実にまで広がる。

それから数時間は日が射していたが、夕日を見ないうちに、店前を傘が行き交うようになった。

六時を過ぎ、一人いた客も、小蔵屋オリジナルブレンドを買って出ていく。艶のある黒髪が背中まであり、動くたびに揺れて目を引いた。草は、とうのところがぴょんと跳ねる独特の、ありがとうございました、で客を見送る。ガラス戸が風にがたつく。店前の駐車場でヘッドライトが点《つ》き、濡れたガラス戸を照らしてから去ってゆく。

また一ノ瀬とロングヘアの女のことが頭をよぎった。カウンター内にいる草は、ガラス戸に目をやったまま、盆の窪の小さなお団子から小振りのべっ甲の櫛《くし》を抜いて白髪をなでつける。

「雨、強くなってきましたね」

そう言った久実も、ガラス戸の方を見ていた。手にはコーヒーグラインダー周辺を清掃する幅広の刷毛を持ったまま。もう来ないかな、とつぶやく。このあとの客の話だとわかっていたものの、例の女性を連想している気もして、草は返事をしかねた。

「この間に、倉庫の整理してきましょうか」

「今日はもう上がっていいわ。このぶんだと一人で大丈夫そうだし」

「いいんですか」

「今のうちに楽しておいて。お中元の発送時期に入ると、きっと残業をお願いしなきゃならないから」

裏手の自宅を往復して、枇杷《びわ》とバゲットを久実に持たせる。枇杷は産毛に覆われて窪み付きのパックに規則正しく並び、近くのしゃれたパン屋のバゲットは斜め切りされた袋入りだ。

「このパン、また買ってみたの」

手提げの紙袋を覗いた久実が、眉間を開いて表情をやわらげた。

「うれしい。ほんとおいしかったです、これ。皮がパリパリ、中がほんのちょーっとだけしっとり系で」

「でしょう。袋のまま冷凍して平気」

「そんな雑でいいんですか」

「焼く前にトースターに載せておいて自然解凍すれば、毎日おいしく食べられるわ。あのパン屋さんは本格派だから、顔をしかめると思うけど」

あはっ、と久実が笑う。パン屋の前でこの笑顔が思い浮かび、草は足を止めたのだった。

「この間久実ちゃんに教わった、オリーブオイルと鷹の爪一つでトマトとたまごをふんわり炒めるあれにぴったり」

においを気にしなくていい日なら、ニンニクを爪の先ほど加えれば、さらにおいしくできるそれを、草は最初おっかなびっくり試したのだったが、今では黒豆ご飯とともに食べる日すらある。イタリアンの風味が食欲をそそるのだ。

「お草さん、あれをご飯に載せて、とろけるチーズをかけて焼いてもいけるんです」

そうなの、今度試してみるわ、と草は約束し、久実を軒下まで見送る。久実は荷物を胸に抱え、店前の駐車場の左端に停めてあった愛車パジェロまで駆けていった。

雨は小降りになり、久実は彼の名を口にせず、和食好みのはずの草はパン屋のスタンプカードをいっぱいにしていた。

走り去る四駆に、草は手を振る。クラクションが一つ、軽く鳴らされた。

翌日は、しとしとと雨が降り続いた。

小蔵屋は試飲の席がいっぱいにもならず、客がいないということもなく、五時半をまわった。帰宅途中の高校生も、一人が家のお使いで豆を買い、仲間数人と楕円のテーブルでコーヒーを飲んでいる。

六十代だろう客が、聞いたわよ、とカウンターの向こうから興味津々の顔を寄せてきた。

「沢口監督が、ここで映画を撮るんですって？」

好奇心むき出しの目に見つめられ、草は大きく首を横に振った。耳のよい高校生が、一斉にこちらを見る。

「昨日そんなお話があった、というだけで、決まってないんですよ、全然」

草は言葉を区切って丁寧に答えたものの、相手の満足そうな笑みに一抹の不安を覚えた。

客が、ねっ、ほら、と隣の連れに向かって、片手をひらひらさせる。いくつもはめられた指輪が鈍く光り、すごいわよね、どんな映画なのかしら、今からどきどきしちゃう、と客の会話はさらに盛り上がってゆく。

結局、昨日そんなお話があった、という部分しか伝わっていないのだ。草は半ばあきらめて、二人連れから一席置いた右にいる、ボタンダウンの青いシャツを着た無造作な白髪の常連に視線を送った。微かな笑みを交わす。白髪だが、六十代前半といった感じで、表情や体つきが若々しい。今日何回となく映画の件について客から訊かれたが、この常連客は答えどおりに理解してくれた数少ない人のうちの一人だ。

白髪の常連が、皺深い頬を意味ありげにこすったかと思うと、二人連れ越しに、和食器売り場の方へ目をやった。

「あの竹とガラスの器なんて、いかにも監督の好みだからねえ」

希少な情報を得たかのように、二人連れの客が目を瞠《みは》り、白髪の常連を見、次に反対側の和食器売り場の方を見る。あなたがいいって言ったあれよ、そうよね、と言い、うなずきあう。

個人的な感想にも、監督が実際にあの器を誉めたようにも聞こえる、白髪の常連のいいかげんな台詞《せりふ》に、草は両眉を上げる。騒がれてうんざりかげんの老店主のために、安くない器の宣伝でもしてやろうといったところなのだろう。そう思うと、だんだん可笑しくなってきてしまって、額を掻くふりをして顔を隠すはめになった。

やがて、楕円のテーブルには仕事帰りの中年女性——制服だろう緑色のブレザーの胸ポケットに、プラスチックの名札が裏返してとめてあってそれとわかる——のみになり、カウンターの二人連れが小蔵屋の紙袋を提げて帰ると、白髪の常連も可笑しそうに微笑んだ。

「まあ、いい話なんだし」

「そうですね」

「いっそのこと、色紙でも預かったら？　一枚いくらで。誰のサインでも僕が書くよ」

楕円のテーブルの中年女性と、器を下げていた久実が、ぷっ、と噴く。

と、出入口のガラス戸が、ぎこちなくガタガタと半分ほど開いた。

「ごめんください」

長身で全体にやや肉付きのいいスーツ姿が、半身だけ店内に入ってくる。外の手には書類鞄と開いたままの傘を持ち、ノーネクタイの胸にはファイルを何冊か抱えていた。三十前後だろう、下ぶくれ気味の顔が、カウンター内の草へ向く。

「いらっしゃいませ」

「映画の件でお電話しました、犬丸です」

「はいはい、お待ちしていました」

出入口で往生する犬丸のために、久実がガラス戸を広く開けて軒下まで出た。濡れ傘を預かって傘立てがわりの陶器の壺へ入れた久実に、すみません、ありがとうございます、と犬丸が恐縮する。

「なんでも一遍にしたがるなって、しょっちゅう言われるのは、これなんだよなあ」

やっと店内に入った犬丸が、自分であきれたみたいに言うものだから、草たちは笑ってしまった。

聞いていたいけど晩酌の時間だ、と白髪の常連が立つと、楕円のテーブルにいた中年の女性客も腰を上げた。草は仕草で、犬丸にカウンター席を勧める。事務所で話を聞こうと思っていたが、客がいなくなるのならここでよかった。ついでに、久実にも聞いておいてもらいたい。

店を出る二人の客に、草独特の例の、ありがとうございました、を言った時には、カウンター席の真ん中で犬丸が資料を広げていた。

「お時間をいただきまして、ありがとうございます。これ、三山フィルムコミッションを民間に移す前の、古い名刺なんですが」

草は市役所の名刺を受け取り、首にかけた紐をたぐって懐から出した老眼鏡をかけた。「観光課 三山フィルムコミッション 犬丸好広《よしひろ》」とあり、携帯電話番号が手書きで添えられている。おまえはどっちの人間なんだ、と上司から叱られるという身には、しっくりする名刺ということか。

「ご連絡は、携帯電話に?」

事情はおわかりですよね、という表情で犬丸がうなずく。餅のような顎の肉が二重になり、赤味のある頬が膨らむ。博多人形の桃太郎を思わせる彼へ、草も自分の名刺を渡した。

下げてきた器を洗う久実が訊く。

「体格いいですね。ラグビーか何かしていたんですか」

犬丸が、野球とスキーだと答える。久実がスキー選手だったものだから、スキー、と草は久実と声を揃えた。そんなに似合わないかなあ、と犬丸が頭を掻く。草は素朴な灰釉《かいゆう》の器で水出しコーヒーとクッキーを出した。

「ごめんなさい、この森野がスキーの選手だったから、それで」

「といっても、国体どまりですけど」

犬丸は目を見開き、国体どまりってなんですか、すごいじゃないですか、と茶色がかった瞳をきらきらさせた。

「僕なんか、でかい、足がのろい、運動神経も並み以下。だけど誘われたんで、まっいいかって感じでスキーも野球も始めて。そうしたら、仲間がいると楽しくなっちゃってですね。映画もほんとろくに知らなかったのに、このとおり」

本題に入ると、映画の撮影自体については簡潔だった。

草は、渡された一枚ものの撮影概要に目を通す。作品名は『眼をとじて』。撮影希望日は十月中旬の二日間、公開予定は来年とある。実際に起きた男子中学生誘拐事件をもとにした作品で、数日で無事解放された被害者が成人後、連れまわされた場所をたずね歩き、報道内容と記憶の食い違いを埋めてゆくストーリーだという。草は自身が晩冬に経験した騒ぎを思ったが、事件を知っている久実の顔までは見なかった。その最中ですら夢の中のようだった出来事は、今となっては本当にあったのかと思うほど遠くなっていた。

「恐いお話？」

「いえ、簡単に言えば、幸福な記憶の物語だそうで」

はあ、と草が言えば、誘拐で幸福なの、と久実がきょとんとする。

特に欧州で人気が高いという沢口作品を、草は思い浮かべた。日常の風景に過ぎない濡れたコップ一つ、脱いだ服一枚ですら、登場人物の気配とともに美しく映しだされていた。二本ほど観ただけだが、複数の意味に聞こえる台詞、場面に一見そぐわない意外な音楽が印象的で、今も心に残っている。

「面白そう」

「そうなんです」

理解不能とばかりに大きく首をひねる久実に向かって、その気持ちもわかります、と犬丸が手を差し出す。クイズ番組の司会者が解答者を指名する時みたいな手つきだ。

映画は何が好きですか、と訊かれた久実は、何年か前のあれ、タイトルなんでしたっけ、と米国のアクション映画の説明をし出し、作品名を簡単に言い当てた犬丸が、あれ最高ですよね、とうれしそうにする。そうして一つ息をついた彼が、草に向き直った。

「沢口監督が長くあたためてきた脚本、主役は芝居経験なしでオーディションを勝ち抜いた鳶職《とびしょく》。クランクイン前から、映画界ではいろいろと話題で」

映画専門雑誌の付箋の箇所が広げられ、草に向けられる。柔和な表情に鋭い眼差しの白黒写真で、沢口監督が特集記事になっていた。「犯罪肯定？　二度断念の過去」「未経験の新人に期待、他方で不安の声も」といった中見出しが目に入ってくる。

紆余曲折を運命づけられた作品なのだろうか。学生時代はアマチュアボクサー、卒業後は大手総合電機メーカー社員、その後あきらめきれず映画界に足を踏み入れたという、有名な経歴の持ち主である沢口監督らしい経緯とも言える。そのことを口にした草に、犬丸は大きくうなずいた。

彼の言葉が熱を帯びる。

「フィルムコミッションに撮影協力の依頼があった時、こういう場所なら小蔵屋さんだ、紅雲町も雰囲気があってるよ、と何人もが思ったんです。それで、ぜひロケ地の候補にと」

話を聞くほどに、作品への興味がふくらむ。挑戦する人たちをこの目で見、情熱を感じてみたい。だが、草は少し冷静になろうと、母のお古である大島紬の襟元を整え、麻の割烹着の上から帯の辺りを押さえた。

「撮影がこの二日間、指定された水、木だとすると水曜を休業にしなくてはいけませんね」

「正直に申し上げて、営業補償面は期待できません。大抵の場合、予算が厳しいので、少額の謝礼が出ればいいほうかと。見方を変えれば、お店の素晴らしい宣伝ですし」

大宣伝ですよね、と久実が相槌を打つ。

撮影と決まれば謝礼を受け取る気もなかったが、草はそれに触れず続けた。

「それから、映画だと大所帯でしょうし、撮影の日時に限らず店内の設《しつら》えやなんかも変更がつきものでしょう。となると、小蔵屋では対応できるかどうか。融通がきかず、かえって先方にご迷惑では」

「ご心配は、ごもっともです。その辺は都度、お話し合いになるかと思います。撮影時にはフィルムコミッションが立ち会いますし」

店舗の破損等の万一に備え、三山フィルムコミッションは制作側に対し、全責任を持たせる誓約書にサインさせ、保険加入を義務づけていると詳細な説明が続く。フィルムコミッションはあくまで仲立ちに過ぎないのだろうが、草の目には、顔を紅潮させた犬丸が熱意にあふれた制作側の人間に見えてきた。

だが、小蔵屋はこれまでよほどのことがない限り臨時休業をしなかった。

ある客は、人との接触が辛くなり、たまにここへ来るのが外出の練習なのだと言った。また別の客は、間近な結婚式に他店の手違いで引出物が揃わなくなり、今すぐどうにかならないかと小蔵屋を頼ってきた。小蔵屋は、開いているべき時に開いている。それが客への感謝であり、店の信用でもある。草はそんな話をしたあと、言い添えた。

「うちみたいな店は、結局のところ、いつも来てくださるお客さんあってこそなんです」

束の間、しんとした。

久実が流しの縁に手を突いて、うーん、と唸《うな》り、犬丸は分厚い胸の前で祈るかのように指を組んで手を合わせる。

頑固なこと言うみたいであれですけど、と草は笑みを作った。

犬丸は、ぎこちない微笑みを返してきた。次の言葉を探しているように見える。やがて、ポケットファイルの中から、ダブルクリップ留めの紙束を出した。アンケートの中の一つの質問「地元のお店や風景の場面はいかがでしたか」の回答部分ばかりを並べて、コピーしたものだった。

さまざまな筆跡から、老若男女の声が聞こえてくる。誇らしく感じました。結婚前にデートしたお店が出て懐かしかったです。ボロい倉庫が、映画だとカッコよかった。商店街を直したくなる、けど、直したら昭和感なくなっちゃう？　自転車通勤で朝夕走る町が素敵に見えた。大学時代こっちに住んでいた友人がこの映画をみてなつかしかったと連絡してきて、それでみてみたら私もなつかしかったです（住んでいるのに変ですけど）。映画館まで来れなくなった祖父にもこの作品を見せてあげたい、喜ぶと思う。

久実が脇から草の手元を覗き、わかるわかる、と小刻みにうなずく。

「よく知ってるところが映ると、あっ、て感じ。理屈抜きで、うれしいですもん」

「いつもの景色が……スクリーンを通してみると違って見える、か」

誰にともなく言った草は、アンケートのコピーから顔を上げた。

「犬丸さんは昨日お電話で、地域の活性化にもつながるって」

「はい。簡単に言うと、町づくりは、みんなの脳内変化からなんです」

「頭の中の変化」

「ええ。映画によって違った視点を得ると、地域に関心を持つようになったり、新しい考えや行動にもつながったり」

草は自分が商う和食器を思う。一つのよい器が、いつもの料理を引き立て、新たな献立や会話を生み、食卓から日々を明るくする。映画もまた、単に映画ではない。

「お草さん、映画のロケ地って行ってみたいじゃないですか。北海道とか、京都とか」

「そうね」

「逆に来てもらったら、いいところを知ってほしくありません？　すぐそこにだって温泉があることや、朝思い立ったらゴルフやスキーにさっと行けちゃうとか、道路が広くて自然いっぱいだからドライブが最高とか。あと舞茸や山菜の天ぷらでしょ、それと脂がすっと溶ける和牛に、ふっくらした花豆に、茄子と辛味噌の味噌まんじゅうに……あっ、よだれが……」

そうなんです、と犬丸が相槌を打ち、クイズの正解者を指し示すかのように久実に向かって手を差し出した。

「実際、変わってきました。近場の再発見というか。そうなると、ほっとけなくなる。そこの温泉周辺の失われた緑を再生するとか、老朽化したホールや橋の修繕に予算をきちんとつけるとか。最近は、山のようにあるそうした仕事をできるだけ地元で直に受注して、もっと意味のある経済を回し、内側から潤ったらいいじゃないかと、そんな声も大きくなってですね」

この街には、映画祭がある。もう長く続いている音楽祭よりも前に始まった。戦後の復興期には、地元交響楽団の三山フィルハーモニーの公演や、市内にいくつもあった映画館へ人々が押し寄せた。草もその一人だ。当時の劇場を思えば、明かりに照らしだされた人々の顔が浮かんでくる。ブザーが鳴り、客席の照明が落とされた瞬間の、さあ始まる、というあの高揚感も。音楽や映画は、現実を束の間忘れさせてくれる魔法であり、厳しい日々を歩き続けるための杖でもあった。大胆に生きろと、背中を押された。愛する人々を失い、国土と心身の傷も癒えず、食うにさえ困る時に、ああしたものを生み出す人たちがいた。今考えても、それだけで驚きだ。

「いい映画をたくさん観れば、映画を見る目が養われる。何より、きみの世界が広がる」

フィルムコミッション代表の受け売りです、と犬丸が頭を掻く。

草は二呼吸ほどのあいだ思案した末に、わかりました、と承諾した。

「どうぞ候補ということで。ここで撮るかどうかは、先方のご判断にお任せします」

犬丸が腰を浮かせて礼を言ったのと同時に、ガラス戸が開いた。

まだよろしいですか、と若い女性客が入ってきて、黒々としたつぶらな瞳を草へ向ける。

たまに来店する客だった。今日はライム色のすとんとしたワンピースに、濃い色の籠バッグ、白くて踵《かかと》の高いスニーカーだ。いらっしゃいませ、と声を揃えた草と久実に、コーヒー豆をください、と注文を始める。うなずいた草は、久実ちゃんお願い、と頼み、客は、

「森野さん、それじゃ小蔵屋オリジナルブレンドを」

と、注文を続ける。

久実がコーヒー豆のケースを背にして会計カウンターに入る。犬丸がクッキーを食べ始めたところで、久実から草へ声がかかった。

「お草さん、お知り合いへの開業祝いをお探しだそうです」

「店長さん、器を見せていただいてもいいですか」

草はどうぞと促し、七時閉店ですがごゆっくり、と伝える。閉店までには、まだ十五分ほどある。何かありましたらいつでもお声がけください、と言い添え、ついて歩くことはしない。試飲も勧めたが、あどけない少女にも見える童顔の客は礼を述べてから、でも今日は、と首を横に振った。身体の脇に垂らした手に増量キャンペーンの葉書を持っている。久実ちゃん、葉書をお持ちよ、と声を張ると、そうでした、森野さんすみません、と客が豆を計量中の久実に渡す。客はコーヒー豆ケースの裏手になる和食器売り場を丁寧に見てまわり、二、三質問をして――その中には、例の竹とガラスの器の使い方も含まれていた――決めかねた様子の末、ありがとうございました、また来ます、とコーヒー豆を購入して帰っていく。

すっかり帰り支度をしてカウンターの脇に立っていた犬丸は、閉められたばかりのガラス戸を見ている。

「なんというか、その……丁寧なお客さんでしたね」

カウンター内の草を見、会計カウンターにいる久実と視線を合わせる。

言外に、少し変わってますね、という響きがある。

「ですね」

「ええ」

久実ちゃん、と草が呼べば、森野さん、とあの客は直後に言い、お草さん、と久実が呼べば、店長さん、とあの客が必ず言う。修正テープを貼って書き直すようなやりとりは、客が和食器売り場にいた間も何回かあった。そのことを確かめるみたいに、草と久実は毎回互いの呼び名を口にしてしまう。そのくせ、あとであらためてどうこう言うのは、なんとなく憚《はばか》られた。

草は犬丸を軒下まで出て見送り、久実はレジを締め始める。

「いい器をたくさん見れば、器を見る目が養われる。何より、きみの世界が広がる」

なーんてね、と久実が小銭をじゃらじゃらさせている。

翌早朝、草は日課をやめにして、三つのままの息子、良一《りょういち》に会いに行くことにした。晴れる朝を待ったが、この様子ではいつになるかわからない。

小雨の中、近所のタクシー会社まで歩く。今日は地域の燃えないごみの日だったが、道端のごみ置き場に荒らされた様子はない。散歩する人もおらず、時折、車が水しぶきを上げて市街地の方へと走ってゆくだけだ。

事務所建屋から続く大屋根の車庫に、タクシーが一台あった。顔見知りの運転手が笑顔で現れ、仏花を先に乗せてくれる。

丘陵の中腹にある寺まで歩くこともあるし、墓参が月命日とずれることもしばしばだ。こう連日雨では、水もいらない。タクシーを降り、水屋を通りすぎても、他に人の姿はなかった。今日はタクシーで来たわ。あとね、キャラメル。今回のおまけはどんなかしらね。あら、なんだろ、これ。すごい、ロケットよ、ロケット。これなら月まで行けるじゃないの。記憶の中から現れた良一が、お気に入りのブリキ玩具の電車から、丸顔をやっとこちらに向ける。

草は赤い箱のキャラメルとおまけの黄色いプラスチックのロケットをビニール袋に入れ、墓前に備えた。雨がビニール袋を軽く打ち、赤と黄色を滲《にじ》ませる。傘の中でうずくまっていた草は、鳥獣被害防止のため供え物の持ち帰りを促す立て看板をちらっと見てから、キャラメルの袋をまた手に持った。

「それじゃあ、またね」

膝に手を当て、ようよう腰を上げる。左足腰のしびれで少しふらつく。

濡れて光る墓石を前に、子を残してゆく気分になった。が、大丈夫よ、と思う。寂しくはないはずだ。ここには両親も、それから兄と妹もいる。いずれ自分も入る。頼んである永代供養の期間が過ぎれば、楓《かえで》や散り椿、それから別名春黄金花《はるこがねばな》、秋には赤い実をつける山茱萸《さんしゆゆ》に囲まれた合祀墓に移され、草地に埋め込まれた板状の墓石の下で自然に還ったようになれる。誰かしらが手《た》向《む》けるから、仏花も絶えない。大体、あの子はここにずっとなんていやしない。なにせ、面倒な身体を脱ぎ捨て自由になった身だ。今はいい歳の大人になって、月命日なんて忘れて飛び回っているのかもしれなかった。これほどの歳月を経てもなお仏壇と墓を行ったり来たりして時折感傷的になる母親を、あきれてもいそうだ。

待たせていたタクシーに乗ると、羽衣坂《はごろも》をほんの少し下ったところで急に日が射した。雨が上がるらしく、東から青空が広がってきている。

「すみません、下の最初の信号を右に折れてもらっていいかしら」

「承知しました。で、どちらまで」

「すぐそこなんです」

草はふと思いついた行き先を告げた。やっぱり生きているうちに、と思ったのだ。

別の道から、再び丘陵へ。大きなテラスのあるログハウスと四角い二面鏡のカーブミラーが目印だ。そこから、ニセアカシアが覆い被さるセンターラインのない坂道を上がる。タクシーがクラクションを鳴らす。猛スピードの自転車とすれ違う。草からは遠い、後部座席の右の窓をかすめてゆく、筋肉質の引き締まった身体。黒いリュックに、黒いスポーツサイクルだ。どこにでもいるタイプだと、久実が言っていたとおりだった。

右手斜面に広がるオリーブ畑を目にした時には、頭上も青空になっていた。

小蔵屋と店前の駐車場が二つ三つすっぽりおさまりそうな緩やかな傾斜地に、オリーブの木が広めの間隔をあけて整然と植えられている。人の二倍ほどの高さだろうか。細い幹から、銀色に光る緑が天に向かって広がる。ご近所の主婦の親族が、休耕地に何年か前から試験的に始めた栽培だそうだが、立派に育っていた。

「近くにこんなところがあるなんて」

本当ですね、と背後の運転席の窓から声がかかる。

一帯は畑。育ち始めの緑の畝《うね》だ。道路も先の畑で行き止まる。会社から連絡の入った運転手に、待つかと訊かれ、草は歩いて帰るほうを選んだ。タクシーはバックで戻り、下にあった土の脇道で切り返していった。ホーホー、ホーホーと雉鳩《きじばと》が鳴く。

雑草のほとんどない土に、オリーブの花の残骸らしきもの。花を落とした房には、米粒のような丸いものがたくさん。花には遅く、実というには早い時期なのだろう。それでも小さなオリーブ畑は異国の風景のようだ。

落花が木の下を白く染める様を、草は思う。

試しに雨草履で畑に足を踏み入れてみる。水はけがいいらしく、土がぐしゅっとはならない。さきほどまでいた寺より少し上なのか、オリーブの木の間から紅雲町の家々がやや小さく見える。

草は胸をふくらませて、雨上がりの土の香を吸い込んだ。

昼は親友の由紀乃《ゆきの》のところへ行って、この話をしようと思う。考えてみれば、これだけ長く紅雲町にいるのに、初めて上った道だった。懐の携帯電話を出そうかとも思ったが、不慣れな写真を撮るのはやめておいた。舗装道路へ戻り、オリーブ畑の景色をあらためて目に焼き付ける。道を下り始めてから振り向いて、もう一度。

さらに道を下りてゆくと、林から一軒の家が垣間見えた。片流れ屋根で黒っぽい板張りの別荘ふう、ひっそりした佇《たたず》まいが隠れ家的だ。あの自転車はどこから来たのだろう。なんとはなしに、そう思って歩いていた時だった。先程タクシーが切り返した土の脇道は、腰の高さまで生い茂る庭草を分けてその家へと続いていた。逆側にあるはずのオリーブ畑を見つけるのに夢中になっていて、上がってくる時は気付かなかった。

土の脇道の前まで下りると、そこからは別荘ふうの家がほぼ見渡せた。三、四十メートル奥のやや上の方だ。街に向かって開口部が広い、とても眺めのよさそうな平屋で、何枚も並ぶガラス戸の前面にはウッドデッキがあり、そこの何かの小山を覆ったブルーシートの人工的な青が妙に浮いて見える。建物は古く、雑草も伸び放題だが、木製のデッキチェアの上に広げられたビニール傘、こちら寄りの玄関の脇にある台車やスコップ、自転車の空気入れらしきものに生活の気配が感じられる。

杖のように蝙蝠傘を突いた草は、そこから動けずにいた。ブルーシートの裾に覗く赤いものが視線を捉えて離さない。おねえちゃん、と小さな妹が手招きすらする。半信半疑で土の道から近づいてゆくと、その赤はやはり茶色味を帯びた見覚えのある赤であり、大きく欠けた円筒状で、横倒しの壊れた湯呑みだった。目の高さにあるウッドデッキから、ブルーシートの下側を覗くと、たくさんのわれものが見えた。蛸唐草模様の破片もある。数歩あとずさった草は、何者かの気配を感じ、ガラス戸へ視線を上げた。

人間ではなかった。

「何、あれ」

巨大な灰色の全体に刺《とげ》立った異様なものが、室内に立っている。

目が釘付けになった。怪しげな力に引きつけられ、束の間、呼吸を忘れた。

もっと近くで見るには、どこからかウッドデッキへ上がる必要があった。草は玄関の方へ引き返した。誰もいない雰囲気だったが、ごめんください、と一応声をかける。鳥のさえずりしか聞こえない中、数段の木製階段から傘を突きつきウッドデッキへと上がる。

それは空き缶を再利用したオブジェだった。

ガラス戸の向こうの、二メートルを超えるその物体に対峙すると、身悶《みもだ》えして我が身を抱き天を仰ぐ男に、魔界の無数の蝶が取りついて見えなくしてしまったかのように映った。切り開いたアルミ缶から、さらに先の鋭い様々な一片一片を作った上で、捻りや巻き、歪みを各々に加え、粘土か何かで作ったのだろう土台の像にみっちりと付着させていったらしい。ジュースやビールのラベルが、めくれ上がったアルミ片の所々に覗く。子供の工作や素人の趣味の域を遥かに超えた、創作の意志と緊張感に草は圧倒された。変質的、気持ち悪い、と言う人もいるだろうと思いつつも、見入ってしまう。

雨コート姿の老婆が薄く映し出されるガラス戸に一歩近づくと、身体で日射しが遮《さえぎ》られ、横に広い室内がいっそうよく見えた。

軍手やゴーグル、プラスチックのスプレー容器などが乱雑に置かれた頑丈そうな木製テーブルには、用途のわからない大小の工作機械。テーブル脇には、さらに大型の、昔の印刷機に似た機械。床に置かれた大判のベニヤ板の上には、人がうずくまったほどの量の粘土の固まり。正面のごつごつした青っぽい天然石の壁には額入りの大魚の剝製《はくせい》、その下には中味が透けて見えるプラスチック製の引き出しやスチール製の棚などが並び、ガラス板やスプレー缶、ロープ、角材、ボルト、ぼろ布などといった多種多様な大量の物品があった。古くからある山荘をアトリエにしている、そんな雑多な空間だ。誰もいない。

よく見れば、大判のベニヤ板の上にある粘土の固まりには、上に向かってやや反った白い花弁状のものが下から三十センチ辺りまで幾重も密に刺さっている。形は一枚一枚違い、硬質で、なめらかさもある。おそらく磁器の破片だ。あのままいけば、イソギンチャクに似た、謎の生物じみた物体になりそうだった。

あれが、われものを必要とする理由なのだろうか。

磁器やガラス器を大量に切り、研磨して形を整えるなど、実際に可能なものかどうか。

草は首をひねる。アルミ缶のオブジェに目をやり、制作に費やされた膨大な時間と気力体力を想像する。すると、不可能とも思えなくなってきた。

「あきれたわ」

口とは裏腹に、いいものを見たという思いがふくらむ。あの人なら、なんと言うだろう。大昔に別れた元夫を思う。戦後に芸術家集団を率い、夢破れ、最後には結婚すらだめにした男が、潑剌《はつらつ》とした若き日の容貌で微笑む。いいよ、面白いじゃないか。

ふん、とも、うん、ともつかない返事をして草も微笑む。

「さてと」

そこから離れようとして、左の方の、宙吊りのものに目がとまった。普通のタオルを広げた程度の大きさの、透けた、色のない、短冊様のものが五枚ばかり吊られている。ガラス板だろうか。ウッドデッキからではよく見えない細さのもので吊ってあるらしく、草の目には、二メートル前後のまちまちな高さに、ほとんど浮いているように映った。それは、無数の気泡ごと、閉じ込められた透明な世界だった。近い方の三枚がよく見える。高く吊られた一枚には、葉脈が見てとれる白いレース状の巨大な葉。その右斜め下の一枚には、同様に白い構造だけになった蜻蛉《とんぼ》。また一番手前の一枚には、窓の雨だれを瞬間冷凍したかのような複雑な水模様。

いつの間にか、草はそれらの近くまで行き、ガラス戸に手をついて顔を寄せていた。顕微鏡で覗くガラスプレート、あるいは標本箱といったものを連想しつつ、やわらかな部分を刺激されている自分に気づいた。朽《く》ちてゆく植物。どこからかやって来て、また消えてゆく虫たち。守られた世界から、雨だれの伝う窓越しに眺めた広い世界。どうやってこれを制作したのかと技法も気になるのだが、形の定まらない記憶が湧いてきて、胸が甘く痛む。心臓にそっと直接、触れられた感じすらする。

透明な世界は、朝日に輝き、スクリーンがかかる正面の壁にも不思議な光と影を映しだしていた。左壁の埃を被った作り付けの棚には、古そうな数々の洋酒、膨大な量の映画のビデオがあった。『生きる』『天井桟敷の人々』等々のタイトルが見てとれる。草には懐かしい、車輪のようなリールを二つつけた古《いにしえ》の映写機、それから円盤状の錆びたフィルム缶もあった。前の世代か、その前の世代が作った建物に、思いがけない世界が広がっているということらしい。

「何が起こるか、わからないわね」

草は、仕事が待っていると自分に言い聞かせ、そこをあとにした。単なる安い器に過ぎないけれど、それでも両親、兄、妹の一部がこの創作の世界に活かされるかもしれないと思うと愉快だった。

丘陵の坂道を、蝙蝠傘を突きながら下りる。こうなると、下り坂のすたすたとはいかない足の運びも、まとわりつくような湿気もそう気にはならない。ニセアカシアからたれた滴《しずく》が、ぱらぱらと雨コートの肩を打つ。胸のうちでは、ガラスの中の無数の気泡と不定形な記憶が、果てしない宇宙へと変化してゆく。

オリーブの畑を見に来たことを忘れそうな自分に、笑ってしまう。

麓《ふもと》の、四角い二面鏡のカーブミラーのところまで出ると、まったくの住宅街になり、景色は日常へと一変した。

大きなテラス付きのログハウスでは、赤やピンク色の薔薇がフェンス沿いに咲いていた。庭で園芸用のゴム手袋を外したTシャツの男が、ユミコ、僕はアブラムシが嫌いなんだよー、あーやだやだ、と文句を言いながら家に入ってゆく。玄関へ出てきた茶色いぬいぐるみのような小型犬が、跳ねるようにしてクルクルとまわり、彼の足元にまとわりついた。昨日、青いシャツで小蔵屋を訪れていた、無造作な白髪の常連だった。

「ここだったのね」

うちのに逝かれたら家が広くてね、まいったよ、そう彼が明るく言ったのは何年か前のことだ。彼の話によれば、その時点で三回忌が過ぎていた。人に話せるところまで来られた、そんな雰囲気だった。亡妻について、草は深くたずねはしなかったし、客もそれ以上語らなかった。

広いテラスには、木製のテーブルと椅子が二脚、それから張り出し屋根に鎖で吊られた椅子があった。卵形の籠を縦にしたようなその吊り椅子の中には、花柄らしき大小のクッションが置いてある。

かつては妻と並んでカウンターに座る客だったことを、草はあらためて思い出した。妻は短い髪とそばかすの似合う、もの静かな人だった。ユミコ、ユミコと呼ぶ夫の声だけが耳に残ったものだ。

いつもどおり、いつもの距離感で、客を迎える。

それしか自分にできることはないのだと、何度も考えてきたことを、また草は思う。

# 第二章

# 別のお願い

その男は、自ら小蔵屋へ現れた。

定休日明けの午前八時半過ぎ、表を開けて風を通してあった店に、自転車のブレーキ音と車輪のザザッと地面をする音が短く響いた。

草は花の水かえを中断し、表のまぶしさに目を細めた。ほとんど影のようだった男は、黒いスポーツタイプの自転車を軒下近くへ停め、入ってくるなり、不法侵入、と草に向かって言った。

「不法侵入？」

「あるんだ、防犯カメラ。軒下のハクビシン退治に必要で」

中背の男は、一昨日草が丘陵のあの家の敷地に入り込んだことを不法侵入だと指摘しているのだった。モスグリーンのTシャツの引き締まった身体から黒いリュックを下ろすと、カウンター席の真ん中へ座り、なんだ、一人じゃないんだね、と周囲を見回す。くせ毛の下に覗くやや切れ長の一重の目は、冷静に動き、臆することなくカウンター内の草をまた見つめる。目撃した人の話どおり地味といえば地味な顔だが、意志は強そうだ。刈り上げてある耳の上や後頭部の髪に、汗の玉が光る。

あんたね、と久実が雑巾とバケツを持ったまま、千本格子の方から男に近づいた。

「不法侵入だなんてどの口が言うの？　自分は窃盗でしょ」

窃盗、と男は鸚鵡《おうむ》返しにした。その平然とした顔に、久実がきっとなって言い返す。

「ゲージュツだかなんだか知らないけど、あのわれものは人の店の事業ごみ、無断で盗っちゃいけないの。大人なんだからわかるよね」

久実の言う芸術は、ゲージュツ、としか聞こえなかった。久実が迫りながら濡れ雑巾を持つ手を男の鼻先で振るものだから、男は汚い飛沫をかわすかのようにのけぞる。

「事業ごみっていってもさ、あれ違反じゃない？　どう見ても他からもらった、ふっるーい皿とか入ってたよね。裏に赤い字で、木村商会みたいな社名と電話番号入りの器があったもん」

一本取られた久実がちらっと草を見、草はあきれ顔を作る。昔、古道具屋の店先から牛の頭骨やら台車の車輪やらいろいろ無断で拝借してはデッサンしてそうっと返却していた、芸術家集団の若者たちを思い出してしまい、草はどうも怒る気になれない。が、久実は負けていない。

「頭くる。くださいと頼んで、散らかさずにもらう。なんで、それができないのよ」

「朝早いしさ、人が通ったから逃げた……いいや、言い訳はしない。ごめんなさい」

男が肩をすくめ、今度は草へ向き直る。

「警察とかに言わないでほしいなと思って。ややこしくなるから」

それで来たの？　申し訳ないと思ってるんじゃなくて、それ保身でしょ、と久実は詰め寄ったが、草は男と目を見合わせてくすっと笑ってしまった。どうしてだか、男は憎めないタイプだった。

「お草さん!」

「ご、ごめんなさい」

可笑しくて、草の謝る声も震えてしまう。

「おねえさん、いらつく原因が他にあるんじゃないの?」

久実が息を呑み、草も笑いが引っ込んだ。場がしんとした。

草は真顔でちらっと男を見てから、吹きガラスのグラスで水出しコーヒーを出した。なんか図星だったの、と男の一重の目が訊く。あなたには関係ない話、と草は表情で答える。カウンターには、別のグラスで麦茶が出してある。その麦茶と見比べた男は、いただきます、と水出しコーヒーを一息に飲み干した。一ノ瀬公介は、苦いものが苦手で、コーヒーがあまり好きではない。

「名前は」

スーツ姿の一ノ瀬が口を開いた。八時頃に来て、壁際のカウンター席でノートパソコンに向かっていた。オリーブ畑からの帰りに丘陵のあの家で何を見たかを、草は一ノ瀬にまだ話していなかったが、久実から聞いているらしい。

「サクタロウ」

「萩原《はぎわら》朔太郎の、朔太郎?」

「ええ。そう返してくれる人、貴重です。こっち出身の詩人なのに、意外と地元民は口にしない」

「そうか？　まあ、三山かるたに詠まれてないからな」

県内の人間にしか通じない郷土かるたの話に、あはは、と朔太郎が笑う。

「おれは一ノ瀬公介、会社員だ。そちらは店主の杉浦草さん、店員の森野久実さん」

一ノ瀬が紹介するそばで、草は朔太郎とまたくすっと笑ってしまう。終戦直後に作られ、この地方の歴史文化や著名人を織り込んだ郷土かるたは、県民のほとんどが知っている。そのぶんそこに登場しない人物などに疎《うと》くなるという説には、冗談半分ながらうなずける。

朔太郎は笑いつつ、一ノ瀬にあからさまな好奇心を向けていた。スーツを着た山男を、透きとおった眼差しで上から下まで観察している。

「ただの会社員って感じじゃないですね。無人島で生きていけそう」

一ノ瀬は朔太郎を一瞥《いちべつ》し、草へ視線を投げる。久実も草を見る。個人的な話を今はしたくない、二人ともそう顔に書いてある。一ノ瀬は久実と同棲中のマンションを朝早く出てここで仕事を始め、久実は一ノ瀬がいるとは知らずに自主的に早出した。それぞれが草に何か話があったらしい。だが、十分と違わず現れたため、そうした話には至らなかった。久実はカウンターにいた彼に、なんでいるの、客先へ直行だったんじゃないの、と尖った口調で言い、これから、と一ノ瀬は気まずそうに微笑んだだけだった。

ある意味、朔太郎はしっくりしないこの朝の救世主でもあった。

きみさ、と一ノ瀬が呼びかけると、ほんと朔太郎って呼んでください、響きが好きなんで、と朔太郎が草や久実にも目を向ける。

「じゃあ、朔太郎。もうちょっと自己紹介はないのか」

よっしゃ、と朔太郎は膝に手を置いて姿勢を正した。

「姓はよくいる高橋、名は朔太郎、高橋朔太郎、二十二歳」

大学を卒業して就職浪人中、祖父が残した別宅「山の家」に一人暮らしだと話が続く。

草は、空になっていた朔太郎のグラスに水出しコーヒーを注いだ。

「専攻は彫刻？」

朔太郎が口角をくいっと引き上げ、政治経済学、と答えた。目が笑っていない。

「面白いな。政経学専攻で、今はアートか」

「自宅は紅雲町？」

「倉庫整理のアルバイトしない？　力仕事」

朔太郎は、一ノ瀬、久実、草の言ったことすべてにうなずいたあと、時給いくら、と草に訊いた。

「盗《ぬす》っ人《と》の分際で何言ってるの。報酬は、食事と廃棄処分のがらくたよ」

久実はうれしそうに手を叩き、一ノ瀬は噴き出し、朔太郎は渋々うなずいた。


家が雨音に包まれた。

土日まで続いた晴れ間は終わり、由紀乃のバリアフリー住宅では掃き出し窓が閉められ、エアコンがついた。温度が下がりすぎない除湿の風が心地よい。

草は来る途中で買ったみたらし団子を、テーブルの重箱の脇に添える。鶏肉と野菜の煮物、オクラのごま和え、竹輪の磯辺揚げ、胡瓜と生姜の浅漬け、ミニトマトという昼のおかずに、みたらし団子が合うとも思えないが、由紀乃のリクエストだ。

丸顔の親友が、脳梗塞の影響が出なかったほうの右手でみたらし団子を一串持ち、丸眼鏡越しに見つめてにっこりする。

「朔ちゃんのおかげで、みたらし団子が食べられるわ」

朔太郎を由紀乃だけが、朔ちゃん、となぜか呼んでいた。

「喉につかえないように、ちょっとずつ食べないとね」

自身に言い聞かせる由紀乃が、みたらし団子に話しかけているみたいに映る。

今朝三合炊いた黒豆ご飯は、草の朝食、朔太郎の昼食、朔太郎が持ち帰った分できれいになくなってしまった。市販の煎り黒豆と少々の酒と塩を加えて炊くだけの黒豆ご飯を、朔太郎があそこまで気に入るとは、草は思ってもみなかった。くすくす笑いながら事情を電話で由紀乃に話し、だから冷凍のご飯になるけど、と伝えると、それならみたらし団子、と言われたのだった。

「それで、朔ちゃんの働きぶりは」

「悪くないわ。力はあるし、手際はいいし。まあ、まだ二日ばかりだけど」

「朔ちゃんは、何曜に来るの？」

「さあ。いつまでに片付けたいのか、営業時間は何時から何時か、定休日は、と訊くから答えたのよ。あと十日くらいで全部片付けたい、云々ってね。そしたら、わかった、あとはてきとうに来ますから、だって。で、今日も半ドン」

同じ話をさきほどの電話でもしたのだったが、由紀乃は初めてのように聞く。脳梗塞の後遺症は少なくなかったが、それでも記憶に残っていることもあった。

「作品づくりが忙しいのね」

「それが、他にもカフェとホームセンターで働いているらしいわ。カフェでも一食浮かせて、ホームセンターでは従業員割引でいろいろ買うんだって。しっかりしてるのよ」

まあ、と由紀乃が驚き、感心した口調で続ける。

「いいわねえ。したいことがはっきりしていて、才能もあって、がんばれるって」

「そうなのかしら」

「そうよ。あのね、草ちゃん。そういう人は、ほーんの、ひと握りなの」

一言一言区切って力説する由紀乃を前に、草は朔太郎の言葉を思い返していた。

どこかに出品したりするのかと訊くと、朔太郎は意外にもこう答えた。

——何したいのか、どうしたいのか。

かがんで両足を踏ん張り、重い段ボール箱を持ち上げようとしていた彼は、埃の舞う虚空を見上げていた。

——頭と身体をフルに使って動くと、自分が自分のものになる。欠けたものを忘れて、充足する。そこがいい感じってくらいで。

——欠けたものがあるの？

――ないの？

つかみどころのない会話を終える前に、朔太郎は重い荷物を持って倉庫の奥へと歩いていた。その時と同様、また草はキャラメルのおまけの黄色いロケットを思い浮かべる。それから、家族の使っていた雑器や、元夫の若かった頃の顔も。

午後の空は全体に白く、黒い雲がまだらに浮かんでいた。時々、もう晴れるのかと思うほど明るくなる。

小雨の中、草が小蔵屋へ戻ると、店に一人だった久実があきれていた。

「あれだけほしがって忘れていきますか、普通」

カウンター内から出てきた久実が、空の保冷バッグを草に向かって振る。

朔太郎に普通を求めるのは無理よ、という言葉を、草は呑み込む。一ノ瀬の顔が脳裏に浮かぶ。一ノ瀬公介にもまた、普通を求めるのは無理に違いない。

「で、黒豆ご飯は？」

「小分けにして冷凍しておきました。ホームセンターでバイト中だから帰りに寄るーって電話が」

「朔太郎も、久実ちゃん頼みだわね」

何が帰りに寄るーだ、語尾を伸ばすな、と久実が大声でぷりぷりする。客がいないものだから、言いたい放題だ。草は笑いを堪《こら》えられない。

――おれでいいのか。

定休日の夜に、一ノ瀬はこう言ったそうだ。

明かりを消したベッドの中で、久実は何も答えられなかったという。

草は日曜の仕事終わりに、その話を久実から打ち明けられた。

――おれには子供もいる。実際は姪だけど、意味はわかるだろ。過去は消せない。

一ノ瀬は、亡弟の娘の父親がわりをずっと務めている。また、亡弟の恋人と一時男女関係にもあった。彼らが一緒だった山で、まだ十代だった弟は事故死、責めを負った一ノ瀬は、弟の死後に妊娠がわかって生まれてきた姪のため、反りの合わない家族から養育費を引き出し、母子を支えてきたのだった。それを久実も知らないわけではない。

――あれは、私でいいのか、ってことでしょ？

草が黙っていると、久実は言い直した。

――久実でいいのか、って公介自身が普段考えてるってことですよね。

言い直されても、草には返答のしようがなかった。

二人は同棲のために、貸主都合で一年間しか借りられないマンションを選んだ。三か月後の、今年九月には賃貸期限が来る。その選択をした以上、賃貸期限が何らかの答えを出す区切りになると予想がついていたはずだ。もっとも、それをわざわざ口にしたところで解決にはならなそうだった。

――私にも、消せない過去、あるし。

草は黙ったまま、久実の背中に手を置いた。久実にも辛い過去はある。だが、それが一ノ瀬との未来を作ったとも言えた。そのことを思い出してほしかった。

──結局は、久実ちゃん自身がどうしたいか。そうでしょ？

草が言えたことといえば、それだけだ。

今あらためて考えても、同じ言葉しか浮かばない。たとえ相手の考えが手にとるようにわかったとしても、自分の意に沿わなければ、はいそうですかと呑めるものでもない。どうしたいか。苦しくても、自分の心に問い、答えを出す以外に手があるだろうか。二人の関係が続くか、終わるかは、その先の話に過ぎない。

とはいえ、目の前の久実はいたって元気だ。

「これじゃ、盗っ人に追い銭です！　あー何が、姓はよくいる高橋、名は朔太郎だ！　小蔵屋のごみを盗んだのは事実なんだから、警察に突き出してやればよかっ──」

人の気配に、久実、草は表の方を見た。

すると、犬丸が立っていた。腰が引けている。ワイシャツ姿の背をかがめておずおずとガラス戸を開け、あの、もしかしてお取り込み中でしたでしょうか、と小声で訊く。肉付きのよい長身に似合わない態度に、いえいえ、と草は久実と笑みで招いた。脇に退いた犬丸の背後から、もう一人、白いワイシャツに仕立てのよい紺のスーツの男が現れ、先に店内へ入ってくる。

「あれ？　監督、女の人は」

「帰ったようです。先にそこへ立っていたのに」

久実の剣幕に尻込みして帰ってしまった女性客がいたらしかったが、久実は反省も束の間、監督ですって、と草を肘で突つく。

監督と呼ばれた男は、雑誌やテレビで見る印象より小柄だが、頑丈そうな体つきをしていた。生気に満ちた眼差しで、即座に人を惹きつける。肩掛け鞄を左手に持ち直し、久実に微笑み、それから草に向かって頭を下げた。

「初めまして。映画監督の沢口です。ご協力に感謝いたします」

右手を草へ差し出す。

草は重箱の入った風呂敷包みと布製の手提げをそばの椅子に置き、握手に応じた。丸みを帯びたさして大きくない手は、厚みがあり、あたたかい。日焼けした柔和な顔に光る目同様、力強くもある。

「店主の杉浦です。それから、従業員の森野」

お仕事中にすみません、と言い足し、久実とも握手を交わす。

「あの、決定ですか、こっちに」

久実のせっかちな問いに、沢口は犬丸を見やった。

「まだ、どっちかは……今日は監督直々に下見なんです。さきほど東京から」

「突然すみません。午後の予定が急に空いたものですから、それで」

役所のお仕事は、と草が問うと、半休です、と犬丸が堂々と胸を張る。明るい笑いが広がった。

草は笑いをおさめてから、表の方を見た。

「あの、他にどなたかお付きの方は？」

沢口が両腕を広げ、破顔した。

「一人で済むなら、これでどこへでも」

確かに、一人が似合う。実際にはカメラマンや脚本家、俳優など大勢を率いる職業だが、一匹狼ふうの雰囲気もまとっていた。脚本、撮影、ロケ地探し、出演交渉から資金調達に至るまで、必要に迫られれば自分でなんでもするという沢口の機動的な姿勢はインタビューなどで知られている。それに、沢口のスーツ姿は役所の窓口を訪ねても、業界のパーティーへ出席してもおかしくはない。気取ったところがないのに、粋だ。

「しかし、今日は犬丸さんに甘えましたが」

「いえ、私が車でお連れすると、出しゃばりましてですね」

犬丸が隣で頭を掻く。

草は、どこでも自由に見てかまわないと伝え、客がいないうちに店のほうを先にどうぞと勧めた。沢口は撮影の許しを得ると、上着を脱いで袖をまくり、小型のデジタルカメラを取り出した。鞄を隅の三和土に置き、カウンター席を中心にきびきびと動き回る。手帳にメモを取ったり、革靴を脱いで椅子に上ったりもする。

「明るくなってきたな。すみません。明かりを落としていただいてもいいですか。それから、お二人はそちらへ。ありがとうございます」

沢口の指示に従って、久実が照明の一部あるいは全部を点けたり消したりし、草と犬丸がカウンター席の中央に座る。目的に合わせて動画と静止画を撮りわけているのが、沢口の動きからわかった。電源のありかとその容量をたずね、撮影する場合には使用したいと許可を取り付ける。

全員がいったん解放されると、草の隣で久実が首をひねった。

「ここ、っていう決め手は何なんでしょう」

「さあ。素人にはさっぱりわからないわね」

沢口は隅に置いてあった鞄を斜めがけにすると、奥へよろしいですか、と千本格子から狭い通路へと入ってゆく。おっ、いいな、と声がした。昼でも電灯の要る薄暗さを気に入ったのか、それとも遠く正面に見える自宅玄関のガラス戸から入る自然光に目がいったのか。小蔵屋を見ているというより、自身の中にある世界を、現実の中に見出そうとしているようだ。沢口の上着を持った犬丸に続き、草もあとからついていく。

玄関の引戸のすりガラスが、急に白く輝いた。空がさらに明るくなったらしい。

沢口は、障子の開け放ってあった上がり端《はな》から、居間や縁側、庭を眺めた。二間と水回り程度の居住空間に、何を思うのか、短く唸る。

「狭いでしょう」

「いやあ、落ち着きますね。こちらには、もう長く?」

「生まれてこの方。代々雑貨屋でしたけど、六十五の時に商売替えと建て替えを」

「還暦を過ぎてからですか。すごいな。家全体が生き生きしている」

「解体した古民家の木材を再利用しているので、そのせいかもしれません。ものには、人の息づかいみたいなものが記憶されますから」

「記憶……か」

沢口は、自宅部分へ上がってまで興味深そうにデジタルカメラをあちこちで構え、その後、犬丸をともなって外観を見てまわると、髪や肩に雨を光らせて戻ってきた。落ち着かない天気でまた降り出したのだ。手で払われた滴が三和土に落ち、黒い染みになる。沢口のその手が、分厚いグローブをつけリングで人を殴った昔、あるいは上司に資料を手渡したある日、脚本を書いたり俳優に指示したりしている今日を、草は思い浮かべる。

犬丸が、晴れていれば、とうらめしそうに外を見やったが、とにかく拝見できてよかった、と沢口は微笑んだ。

「こちらで冷たいものでもいかがですか。すぐ用意しますから」

客が十人ほどとなった店から台所へ、すでに草は水出しコーヒーを運んであった。

「ありがとうございます。しかし、このあと別の下見がありまして」

「ああ、もう一軒の候補のほうの？」

はい、と沢口が、斜め後ろの犬丸とうなずく。

伝えたい件があった草は、あとで犬丸へ電話することにした。撮影予定は十月中旬。台風の季節は天候だけでも予定変更の可能性が高く、小蔵屋の融通のきかなさが問題にならないか、その辺を念押ししておきたかったのだが、無理に引き止めるわけにもいかない。

犬丸が一歩進み出て、監督、と横から呼びかけた。杉浦さんはお顔が広いですから、と何かを促すように言う。

うなずいた沢口は、閉店の頃に再訪してよいかと草にたずねた。

「かまいませんが、何か」

「実は、もう一つ、別のお願いがありまして」

別のお願い。

草はその一言に気を取られ、来たとおり店の方へと戻って出てゆく二人に頓着せずついていってしまった。お帰りですか、と久実がカウンター内から訊く。沢口はなんとはなしに人目を引き、付き従う大柄な犬丸がそれに輪をかける。そのうえ、監督、傘をお忘れです、と軒下で言った犬丸の声が、客の主婦たちの耳に届き、監督ですって、それじゃ、あの人が、と椿円のテーブルから声が上がった。犬丸に車を裏へ回してもらえばよかったと草は思ったが、遅かった。

傘を広げた沢口が、店前の駐車場で向き直る。

「お忙しいところ、ありがとうございました。では、また」

「ええ。お待ちしています」

集まる客の視線に、草は気付かないふりをして踵《きびす》を返す。その後のあれやこれやの質問には、まだ何も決まってないんですよ、を笑顔で繰り返した。

六時過ぎに再び現れた沢口は、奥の居間をお借りしたいと言った。

お腹のすく時間だからと手みやげに、たこ焼き。私がお勧めして、と犬丸が両手に提げた黄色い買い物袋を見せる。地元人気店の目立つ袋から、六パック分の甘辛いソースのにおいが盛大に漂う。店でコーヒーの香りを大事にしている草は少々困惑して礼を述べ、空腹を刺激されつつ奥へと急ぐ。久実と数人いた客の視線が、途中まで追ってきた。

二時間くらい前だったろうか。別のお願いについて、お草さんに出演依頼かも、と久実がはしゃぎ、それなら顔の広さは関係ないと思うけど、と草は返したのだったが、本当にまったく違った。

「実は、ある人を捜していまして」

沢口は先にそう言ってから、隣室との境の襖《ふすま》を背にして座卓へついた。

草は座卓の角を挟んで、台所側の方へ正座した。

「たずね人、ですか」

沢口が微かな笑みを浮かべる。草は、彼の代表作『たずね人の午後』を思い浮かべていた。以前映画館でもらったその作品のチラシを、先日読み直したばかりだった。もっとも、あれは人を捜して中東へ向かう物語だが。

草は銘々へ、まだあたたかいパックのたこ焼きと、気泡の美しい琉球ガラスに注いだ水出しコーヒーを出した。草の向かいにいる犬丸は、座布団を勧めても、なぜか縁側と座布団の間で膝立ちしている。

すると、沢口は鞄から透明な薄いケースを出した。

「この映像を撮った人物を捜しています。まずは、ご覧いただけますか」

草一人ではまったく使わない、ＤＶＤプレーヤーが役立った。以前、一ノ瀬がどこからかもらってきた中古品だ。犬丸がＤＶＤを受け取り、機械お借りします、と慣れた手つきで操作する。

「ごく短いものです。もとはフィルムで」

付け加えた沢口は、いただきます、と水出しコーヒーを一口飲み、おいしいなあ、としみじみつぶやいた。続いて、たこ焼きを頬張る。犬丸はテレビ脇で正座し、パックごと抱えた。草も一つ口に入れる。久し振りのたこ焼きの、蛸の大きさ、変わらないおいしさに、店主の老夫婦を思い出し励まされた。

その間に、暗かった画面は白くなり、その白は左からの風に大きく揺れるレースカーテンになり、のどかな休日の午後とでもいうようなリビングダイニングの光景へと変わっていった。同時に流れてきた洋楽も日向《ひなた》みたいに明るく、若い男性歌手が散歩のテンポで軽快に歌う。よほどのヒット曲だったのか、草でさえ聞き覚えがあった。

ソファに寝ころんだ男の両足の向こうに、大型冷蔵庫やキッチンカウンター。手前には、ビール泡のついた大写しのグラス。おそらく、持ったまま胸の上に置いているのだろう。カメラは男の視線そのものだ。向こうのキッチンカウンター上には、玩具の消防車やロボット、他にも、あこれね、と指摘したくなる馴染み深い遊び道具、くしゃっとほったらかされたエプロンなどがごちゃごちゃとある。

音楽は変わらず、場面は一転。明るいが、スローモーションとなり、ピントが甘くなる。

古いデザインの腕時計をはめる男の手元。優しげに招く女の手と、ひらめく赤い花柄のスカート。見上げるアングルと、ぼやけ気味の映像に、子供時代の記憶だと教えられる。続いて、天気雨。水たまりに浮かぶ丸い波紋と青空。それを踏むと、こちらに向かって水がはね、映像が歪む。観ている者は子供自身となり、自転車や大人たちの間を駆け抜ける。さらに半透明の高い屋根が続く場所――おそらく商店街だ――を見上げて走り、青空の下へ。やがて、辺りは河原の草むらとなり、行く手に子供たちの後ろ姿が見えてくる。どうも両親とのおでかけをすっぽかし、河原へ行った日の思い出らしい。

場面は、再びリビングダイニングへ。あの日の子供は、いま父親なのだ。ローテーブルに置かれた空のグラスの横に、男の手が金属ベルトの腕時計を外して置く。水色のシャツとカーキ色のズボンの、顔の映らない男が、掃き出し窓から出てゆく。

レースカーテンは風に煽《あお》られ、光あふれるリビングダイニングには、もう誰もいない。

終始流れていた音楽も終わり、画面は暗転した。

草はしばらく言葉が出なかった。ほんの何分かの短い映像だと頭ではわかるのに、心はどこか遠くへ旅してきたかのようだった。美しく色鮮やかに描き出される日常と記憶を目にしながら、同時に、自身の結婚生活と子供時代を見てもいた。満たされた感覚と、埋まらない空虚さ。相反するものを感じる。映像作品はあれほど明るかったのに、この、ふいにほったらかされたような、ぽかんとした感じは何なのか。

「あの男は戻ると思いますか」

沢口が問う。

いえ、と草は即答した。

そんな会話をしても、居間の自分たちが映り込む、真っ暗な画面から目が離せなかった。まだ眼前に、レースカーテンは揺れ、天気雨が降っている。

「撮影した彼も、いいえ、と答えた。映画専門学校の講師がした質問でした」

「映画の専門学校」

「家族というテーマで自由に撮った作品を発表する場でした。私もそこで学んでいた」

沢口は映画制作をあきらめきれず会社を辞め、都内の映画専門学校へ入学、十六年前の当時は三十歳だったと言い添える。

「電機メーカーの工場勤務でしたが、企業グループ内に映画関連会社があるわけです。好きな映画を見れば、かなりの確率で、自社のロゴを見る。そのたびに、おれは何をしているんだ、という気にさせられる。苦しい堂々巡りです。でも、ある日思いました。どの部署も、毎年新人を迎えて、何年かすれば皆一人前に働くようになる。おれも一から学べば、映画が撮れるはずだと」

当時の熱い思いがそうさせるのか、沢口の表情が輝く。

「とすると、この映像の作者は沢口さんの同窓生」

草は妙に思った。それなら同窓生名簿でも見れば、作者は容易に見つかるはずだ。

「そのはずが、彼は在校生ではなかった」

「どういうことでしょう」

その話がこの記事に、と沢口は薄手のファイルから、記事の拡大コピーを一枚よこす。方々へ配っているらしく、コピーは何枚かあった。草は首の紐をたぐって懐から出した老眼鏡をかけ、彼が指し示した部分に目を通す。訊けば、四年前『たずね人の午後』でカンヌ映画祭の国際映画批評家連盟賞を受賞した頃の記事だという。

記事によると、沢口はある無名の男の存在に触発されて今があると考えていた。

その男は、映画専門学校をさぼりがちだった学生Wになりすまして出席し、短い二作を課題作品として提出した。それらの作品は、ミュージックビデオだの退屈だのと野次られる一方、沢口ら一部の学生や講師を唸らせた。Wはやがて自主的に退学することになるのだが、おれ課題をやってなくてさ、うちの学校に興味津々の男とそいつの作品を利用したのさ、と事の顚末を在学中に周囲へ話している。Wと二度酒を飲んだ映画好き、その程度の手がかりしかなく、どこの誰だったのかさえわからずじまい。沢口の対面の願いは叶っていない。

沢口はこうも述べている。

無名の彼の世界、そのポップな色調の一見穏やかな日常は、カメラの前にないものまで映しだす。さらに鑑賞者の胸深くに埋もれた記憶をも呼び起こし、意外にも不穏、もっと言えば過激だ。水墨画、長谷川等伯《はせがわとうはく》の松林図屏風を思う。そこに描かれたものと、描かれずに浮かび上がってくるものの双方に胸打たれる。何を撮っても、違う、と感じていた私は自身の方向性を見出した。存在し、同時に、存在しない彼が、これまで常に私のそばにいた。影響を受けた者は私だけではない、と専門学校の同期だった映画監督の坂井弘、CM制作者の佐藤茜の名を挙げる。

草は胸がいっぱいになり、紬の衿の合わせ目あたりを押さえた。

映画監督の坂井もCM制作者の某《なにがし》も知らなかったが、元夫がかつて率いた芸術家集団の若者たちを思った。戦後の食うや食わずの生活の中で、互いを意識する一方、果てない芸術の世界でもがいていた。

「この記事で本人が名のり出てくれるのでは、と期待したのですが」

「でも、お酒を酌み交わした人がいたんですよね。だったら、名前くらいは」

「それが、そこにある学生W、和田《わだ》が」

――早大出身の鈴木。家？　さあ、出張とか言ってた。

そう言ったと聞き、捜す範囲が広すぎますね、と草が目を丸くすると、沢口はうなずいた。

「その人が出張だったなら、当時会社員ですよね。沢口さんと同年代くらいでした？」

「おそらく。三十前後から、若く見えたとしても四十くらいでしょう」

「とすると、今は四十代から五十代」

「ええ。それで、いろいろと当たってはみましたが」

カンヌでの受賞の翌年、つまり三年前、母校の専門学校での講演と受賞パーティーを、中退の身でなぜか取り仕切った和田は、借りっぱなしだった問題の二作品をサプライズ上映し、ＤＶＤ焼きを沢口に進呈。以降、沢口は本格的に無名の男を捜し始めたのだという。

「大体、和田の記憶が怪しい」

十六年前の春、和田は映画ファンの集まる懐かしのバーにて、映画好きの四人の男たちと遭遇し、計五人で痛飲。彼らを自宅マンションに一泊させた。

裕福な家系の和田以外は全員社会人で、十代後半から映画を撮った経験があり、次は上映会をしようと話が盛り上がった。専門学校で講師の有名監督らに会えるのをうらやましがる男に、二日酔いの和田は「代わりに出席していいよ。ろくに行ってないから、眼鏡をかけりゃばれやしない」と言い、何本もあった眼鏡の一つを渡したという。

その翌月、同じメンバーで、自作の上映会を行った。

場所は、和田のマンション。日時は、なりすまして授業へ出席した男が、次の出張で上京する際に和田へ電話をよこして決まり、和田が都内在住の残り三人へ連絡した。よって、和田は問題の男の連絡先を知らない。上映会のその晩も前後不覚になるまで飲み、またも二日酔いの態で、なりすましの出席と課題の提出を男に促した。

「飲んだくれていた和田が、早大の鈴木だと言っても、当てにはなりません」

すでに草は、手近にあった鉛筆で、記事のコピーの裏へ要点をメモしていた。老いた頭からは、聞いたばかりの話はどんどん逃げてゆくので、書いておくのが一番だ。

「で、他の三人の方々は？」

「庄野さんは、五年前に病死」

「まあ。お若いでしょうに」

「庄野さんは明大卒で、大学時代に、謎の彼とはバーで顔見知りだったようなのですが」

沢口はいつの間にか、『無名の男』と表題を書いた小さなノートを広げていた。

「二人目の山口さんは商社マンらしいですが、勤務先は不明。電話番号も今は使われておらず、バーにも現れなくなった。マスターの話では、海外赴任になったのじゃないかと。最後の一人、アパレルメーカー勤務の島本さんはつかまりましたが」

実際に、例のバーで会った島本は沢口にこう言ったという。

――鈴木？　田村とか田丸だったような気もするが。出身は、さあ……。いや、神戸と聞いたな。

沢口は、考え込んでは記憶をたどる島本の口調をまねた。

「それで、関西の知人に頼み、神戸を中心に捜しましたが何の手がかりもなく」

「鈴木に、田村、あるいは田丸……」

なるほど、と草はメモをとり終えてから、余白へ大きめに「三山かるた」と書き、四角い枠で囲んだ。

うわっ、おっ、と変な声が飛んできて、草は顔を上げた。草の手元を凝視する犬丸が、もうわかったんですか、と言い、最初にお伺いしたかった、と沢口が草に向かって目を瞠る。いやですよ、と草は笑った。

「キッチンのカウンターに、三山かるたの箱ですよ。県内のほとんどの人がわかるじゃありませんか」

草が大げさに居住まいを正して、「あ」は、と犬丸を見れば、浅間山を詠んだ札を彼が暗唱し、「ほ」と言えば、明治時代の文豪のそれが返ってくる。

いやー浸透していますねえ、と沢口が破顔する。

「フィルムコミッションでは、何回か再生して、犬丸さんが初めて三山かるたの箱に気づきました。それで、この県出身の人だろうという話に。しかし、まさか初見でとは」

歳を重ねて短期記憶があやしくなってきた草の頭に、今し方映像で見た、三山かるたの青と蜜柑色の箱がくっきりと焼きついていた。蓋に数枚の取り札の素朴な絵があり、その脇へ蜜柑色の帯に白抜きで大きく三山かるたとあるのだが、遠目には青と蜜柑色に見え、ひと目でそれとわかる特徴的なデザインだ。

「初見といっても、ここで人を捜すなら、ここととわかる何かが映るのかな、と思っていましたから」

沢口が恐れ入ったとばかりに大きくため息をつき、犬丸があらためて映像を再生する。

「特に、この市には映画祭があります。熱烈な映画ファンをたどれば、その人物に行き当たる可能性も」

「そうかもしれませんね」

草が映像に使われている楽曲についてたずねると、七〇年代の世界的なヒット曲だと沢口が教えてくれた。

「どうりで、私でも聞き覚えが」

「そうでしょう。この英語の歌詞は、明るい曲調に反して」

結婚式当日に恋人に捨てられ、両親は亡くなっており、またごく自然に一人になった、そんな内容だという。

テレビ画面には、雨粒がきらめく天気雨。

無名の男が制作した映像を前に、草は沢口作品を評する際にしばしば使われる「不在の人」という言葉を思った。死者。行方不明者。記憶の中の誰か。現実には会えなくなった人との関係に、彼の映画は重きを置いていた。

「わかりました。できる範囲で当たってみましょう」

「よかった。ありがとうございます」

頭を下げる沢口のそばで、犬丸が付け加える。

「もちろん私も捜します。それから、足でもなんでもしますからおっしゃってください」

柱時計が正時の鐘を打ち始めた。閉店時間の七時になった。

沢口の電話が鳴り始めた。失礼、と彼が縁側に立つ。

草は犬丸に車を裏の道へ回してくれるよう頼み、通路の途中まで一緒に歩いた。映画撮影にとって、融通のきかない小蔵屋は不向きかもしれないという懸念を再度伝える。

「沢口さんへ、折りを見て、また言っておいていただけますか」

わかりました、と犬丸が少々肩を落とす。電話中の沢口の声が通路まで聞こえる。今夜、これから東京で打ち合わせがあるらしい。

「すみませんね」

「いえ、こちらこそ、いろいろとお願いばかりしまして」

少しして玄関を開けると、小雨だった。濡れた道に、街灯の明かりが滲《にじ》む。

「お時間ありがとうございました。ご面倒をおかけしますが、よろしくお願いします」

玄関を出た沢口は、箱型の小振りな車の後部座席へ乗り込む。沢口のために車のドアを開け閉めした犬丸が、傘を差しかけた草にささやいた。

「あの、お店のほうで、何かもめていたみたいでしたけど」

「え？」

「ずぶ濡れの男性がいて」

やだ、久実ちゃんたら呼んでくれればよかったのに——草は車が去るのと同時に、店へ急いだ。


困っちゃいましたね、と久実が肩をすぼめる。

朔太郎が出ていって、十分ほどが過ぎた。

もめていたのは朔太郎だった。あとで久実から、あれはレインウェアですよ、と教えられたが、フード付きの黄色い上着と黒いズボンはてらてらして、草の目にもずぶ濡れに見えた。

——帰れ！　帰れよ！

その剣幕に追い返されたのは、二人の女性客。草を店長さん、久実を森野さんと必ず呼ぶあの客と、肩までのふわっとした栗色の髪が品のよい五十前後の人だった。

店へ戻って驚いた草に、久実が耳打ちした。

——朔太郎のお姉さんの文《あや》さんと、お母さんですって。

二人を追い出した朔太郎自身も、雨の中へ飛び出し、草が何度呼んでも自転車に乗っていってしまった。

久実によれば、姉の文は母親と来店し、例の竹とガラスの器を贈答品として購入。会計後、弟がすみませんでした、と母親とともに頭を下げたという。朔太郎が小蔵屋のごみを盗んだこと、挙げ句に倉庫整理をさせられていることを知っていた。午後、沢口と犬丸が最初に訪れた際に久実が朔太郎の文句を言っていたのを店の軒下で聞き、その後朔太郎本人にも電話して問い質し、驚いて出直したのだった。そこへ黒豆ご飯を取りに寄った朔太郎は、おれは大人だ、あんたたちに関係ない、と激しく怒ったらしい。

「あの子、とても優秀なんです、早稲田の政経学部でしたし。そう言ったんです、お母さんが。言葉は肯定的だけど、今の朔太郎を全否定って感じ」

騒ぎの間、朔太郎は冷たく青ざめていた。家族の溝は深そうだ。

「もう来ない気かもしれないね」

久実が口を尖らせ、うなずく。

「ああ、久実ちゃん、たこ焼きがあるのよ」

「はーい、いただきまーす」

久実が奥を往復して、草の食べかけのパックと、残りのたこ焼きを黄色い袋ごと持ってきた。換気扇を強にして二人でたこ焼きを頬張りながら、レジを締め、ロールスクリーンがわりの簾を下ろす。

「お詫びに買ったってことかしら。あの竹とガラスの器」

聞こえたはずなのに、返事はない。

あの器の思ってもみなかった売れ方に、草は小さくため息をついた。

やがて帰り支度を済ませた久実が、じゃあ行きましょう、と言った。端《はな》からその気だったようで、ふくらんだ保冷バッグと、たこ焼きの残り二パックが入った黄色い袋を持っている。いつの間にか、保冷バッグに冷凍の黒豆ご飯を詰めたものらしい。

「こういう時は、食べれば元気出ますよ」

「それもそうね」

草は久実の笑顔に応え、帯の辺りをなでる。

「道案内をお願いします。沢口監督の、別のお願いの話も聞きたいし」

今晩の朔太郎は放っておくほうがいいと思ったし、本当は風呂に入って横になってしまいたかったが、久実の顔を曇らせたくなかった。それに、この機会にもう一度、朔太郎の作品を見てみたい気もした。

草はよじ登るようにして、久実のパジェロへ乗り込む。助手席で着物の乱れを直すうちに、車が発進する。

道路へ出た途端、周囲がチカチカした。

パッシングしてる、と久実はルームミラーで背後の車を見ている。雨にもかかわらず久実が運転席の窓を開け、ついて来いと右手で合図する。

「公介さん?」

「ええ。お草さんが乗ってるの、わかってるみたい。どこへ行くのかと思ってますよ」

予期せず始まった車同士のやりとりに、久実の声が弾む。

パジェロが丘陵の麓で左へ折れると、一ノ瀬の車もついてきた。

大きなテラスのあるログハウスと四角い二面鏡のカーブミラーを目印に、今度は右へ曲がり、坂道を上がり始める。あまりの暗さに、ヘッドライトが遠目に切り換わる。

草は、別のお願いが何だったのかという話の間に、そこのログハウスがカウンターによく座る無造作な白髪の常連宅だという余談を挟み込む。そうなんですか、と久実はとうに過ぎ去ったログハウスを見ようとするかのように車窓の方へ顔を向けた。話を戻し、草はたずね人の名を思い出して伝えようとした。が、最初に聞いた名が早大の佐々木だったか鈴木だったかも定かでなくなっていた。面白いように歳をとるわね、と胸のうちで亡母に言う。大きな雨音が車の屋根を叩く。ニセアカシアからの滴りだ。

朔太郎のいう山の家は、玄関先や庭にも明かりをともし、夜の丘陵では目立っていた。

パジェロは家の近くへ、その後ろに一ノ瀬は自分の四駆を停めて傘を広げた。ルームミラーの中に、ワイシャツ姿がぼんやりと白く浮き、近づいてくる。

「ここは朔太郎の、山の家？」

パジェロのドアを開けた久実も、雨の中へ降り立った。

「そう。あいつ、ごみ泥棒のお詫びに来たお母さんとお姉さんを怒鳴りつけたの。で、小蔵屋から追い出して、自分も飛び出してきちゃって」

「お詫びって、朔太郎は大人だろう」

「朔太郎も言ってた」

後部座席から荷物を持った久実が、

「お草さん、公介が傘を持ってますから」

と、先に玄関への短い階段を駆け上がる。濃い色のスニーカーとジーンズで、雨も泥はねも気にしない。

草もパジェロから玄関へと、一ノ瀬の傘に入って上がる。梅雨時の深い緑と土の香りを感じているると、そばで一ノ瀬が鼻をくんくんさせる。

「黄色いのは、たこ焼き？」

「ええ。あと、朔太郎が気に入った黒豆ご飯。あれを取りにさっき寄って、この騒ぎ」

「ほっとけないんですね」

「そりゃあ、久実ちゃんだもの」

「朔太郎の文句ばっかり言ってるのに」

その間に、久実は玄関をノックして朔太郎の名を繰り返し呼んだ末に、

「あれ、鍵が開いてる。物騒ねえ」

と、入っていった。

ごめんくださいい、と草も一応声をかけ、一ノ瀬と中へ入る。

板壁のフックには、さきほど朔太郎が着ていたフード付きの黄色の上着と黒いズボンのレインウェアがてきとうにかけられ、石敷きの床の隅にはスポーツタイプの自転車が置いてあった。ど

ちらの下にも水たまりができている。頭上には、船舶用に見える、真鍮《しんちゅう》の凝った照明が下がっていた。

久実がスニーカーを脱いで先に上がり、辺りを眺め回した。

「シャワーの音がしますね」

水音に、三人で顔を見合わせる。

久実が壁際の棚から長年使っていなそうなスリッパを見つけ、裏を叩き合わせて埃を落としては、人数分用意する。

玄関から上がって左を見ると、アトリエになっている街側と、生活空間の丘陵側に分かれていた。久実は丘陵側にある浴室の方へ、一ノ瀬は街側にある明かりの点いていないアトリエへ進む。草は一ノ瀬の後ろを行き、立ち止まって、目が暗さになれるのを待った。照明のスイッチのありかがわからず、それを探している一ノ瀬の気配もする。独特なにおいが濃く感じられた。土埃、粘土、機械油が混じったような。

浴室のガラス戸を叩く音と、森野久実でーす、ただいま不法侵入中だよー、という大声が響いてくる。

「だからー、お草さんと公介も。え？　公介は一ノ瀬さんのことだって」

朔太郎はまだ、久実と一ノ瀬が同棲中だということを知らないはずだ。

一ノ瀬が歩いた左の壁際に、足元から橙色のやわらかな明かりがともる。草が不思議に思っていると、彼が言った。

「人感センサー付きの照明器具が」

外のほうが若干明るかった部屋に、奇妙なオブジェが浮かび上がる。身悶えして我が身を抱き天を仰ぐ男を、魔界の無数の蝶が隠してしまったかのような像。約二メートルの高さのそれを見上げ、一ノ瀬が首をひねる。

「アルミ缶の再利用？」

「ええ。切り開いては、鋭い羽みたいな形を作って、粘土か何かの基礎に取り付けたんでしょうね」

はあ、という返答は、感嘆とも、呆気にとられたともつかない。

そのこちらには、うずくまった人物を思わせる、作りかけ。陶器を再利用したそれは、足元から変種のイソギンチャクに変身する途中のよう。

「この花びらみたいなのが、問題の」

「そう。割れた器の形を整え、研磨して使っているらしいわ」

「ここに電動の研磨機がありますね。けど、それにしても手間のかかる……」

二つのオブジェと一ノ瀬の姿が、幻想的な物語の一場面にも見える。

「何の話だったの、今夜」

閉店時間を過ぎ、普通なら久実も帰っただろう時刻に、一ノ瀬は小蔵屋に寄ったのだ。

草は石壁に並ぶ棚を手すりがわりにして歩きだした。石壁の向こう側が、久実のいる丘陵側の生活空間だ。草の足元にも、ぽっと橙色のやわらかな明かりが点いた。あらっ、と言うと、ふふっ、と笑いが返ってくる。

「この物体、ちょっと異様だなあ」

「恐いくらいよね」

「まあ、普通じゃない」

「変なのよ。そういう人でなきゃ、世界は広げられない」

草は注意深く、足元のみを見つめて、一ノ瀬と九十度違う方向へ進む。

「本人は正気を保つためかもしれませんね。他人には変でも」

なぜ小蔵屋へ立ち寄ったのか、いま一ノ瀬に話す気はないらしい。

そこに久実がいるからだろうか。

石壁の終わりまで行くと、また明かりが草履の足元に点いた。すでに近くで、フェイスタオルほどのガラス板の作品が五枚、光を反射している。

一ノ瀬なら頭をぶつけそうな、最も低い位置にある一枚のところまで行って手を伸ばし、直接触れてみる。外から見た時には宙に浮いているかのようだったガラス作品は、実際には銀色の金属枠にはめ込まれ、同素材のワイヤーで天井の梁に吊られていた。ガラス板の中には水底から湧きだしたばかりのような大小の不定形な気泡と、空気と化した大きな蜻蛉の精巧で複雑極まりない構造のみがある。オニヤンマだろうか。ガラス板に挟まれた蜻蛉が一瞬のうちに消失し、生の証を残した。そんなふうに見える。

他に、朴《ほう》の葉だろうか、ガラス板の八割方を占める葉脈の一枚。それからザリガニに見える生きもの、全体を鋭い棘が覆う拳大の実を枝ごと閉じ込めた二枚がある。

革製の大型ソファの、埃がざらつく背もたれをたどり、掃き出し窓に近い一枚を見上げる。その中には、雨だれ。どうやって閉じ込めたのかわからない筋状の滴り。実際には滴りの消失した跡の空間だが、確かにそれは雨だれだった。見つめていると、雨のつたう窓に顔を寄せた記憶、あるいは記憶とも呼べない深層の何かを揺さぶられる。心の目で見つめる濡れた窓の向こうには、子供時代の兄と妹、現在の自分よりも遥かに年若い両親、見たはずもない青年の息子良一がいる。

「寺田さんが見かけたって。喪服姿の公介さんと、髪の長い人」

草の背後から、ああ、と声がした。

「元山岳警備隊で、山岳会員だった恩師が亡くなって。おれは山岳会には入っていませんが、かわいがってもらいました。彼女のおじさんです」

「山で亡くなったの？」

「いえ、膵臓《すいぞう》です」

「そうだったの。でね、その女の人、前に小蔵屋へ来て、久実ちゃんに公介さんのことをいろいろ。一人で登る公介さんが修験者だとか、哲学者だとか。とにかく、誉めていたわ」

若干の沈黙のあと、どうかしてる、と一ノ瀬が軽く笑った。草は彼の方へ向き直った。

「買いかぶりです。おれは、そんなのじゃない」

「そうなの？　山のことは、私にはわからないけど」

「黒岩《くろいわ》さんは、警察官にならないか、山岳警備隊員に是非ほしい、としつこかった。いい歳をして定職のないやつを見かねてのことでしょう。おれが春から秋まで住み込みで働いていた温泉旅館が、黒岩さんの実家でした。そのおじさんの言動を、彼女は勘違いしている。黒岩さんを慕う人は大勢いて、だから、その人たちも似たような勘違いを」

割り引いて考えても、草には謙遜に聞こえた。山の関係者らが再三、一ノ瀬に戻ってくるよう働きかけていたのは事実だ。

「ただ……」

「ただ、なあに？」

一ノ瀬は掃き出し窓へと歩き、外を見つめ、黙り込んでしまった。

山へ戻りたい彼と、それでは済まないだろうと考える彼。その両方がいると、草もわかっている。

「彼女も黒岩さん？」

「ええ。温泉旅館の娘で、やはり山岳会員です。遭難者の捜索時に、協力要請があって一緒に山へ入ったこともあります」

草は、彼のきちんと散髪された後頭部を見つめた。出会った日、一ノ瀬は山帰りで、入浴や髭剃りの要る風体だった。今となっては懐かしいほどだ。だが、筋肉質の鍛えられた身体は変わらない。日々鍛練しているのだろう。緩みのないその肉体が、山を忘れていない証拠にも思える。

「街に残る？　それとも……」

久実を思うと、山へ戻るのかとはっきり訊けなかった。

短い沈黙のあと、山へはもう、と一ノ瀬が応じた。

その答えを久実のために忘れまいと、草は胸に刻み込む。

ただ、と一ノ瀬が続ける。

「自分が信じられない。いずれ、おれは家族から遠ざかる。無責任だとまたなじられるはめになる、そんな気が……」

山で弟を亡くした時のことを言っているのだろうか。草からすれば、一ノ瀬の家族がどうかしていた。学生だった一ノ瀬に、それも途中まで弟と同行したため多大なショックを受けている時に、不運な事故死の責任を押しつけるなど尋常ではない。

だから、あえて草は軽く笑った。

「弟が娘を残せば父親がわりになり、家業が苦しくなれば一社員として助っ人になり。ほんと、ずいぶん無責任なことで」

一ノ瀬が横顔を見せ、くすっとする。

「ねえ、こういう話を常日頃から久実ちゃんとしたらどう――」

お草さんこっちに座るところがありますよー、と久実に呼ばれ、話は中断した。

ダイニングキッチンに入った一ノ瀬は、いいなあ、とつぶやき、絶対言うと思った、と久実が笑った。草は壁沿いの作り付けベンチへ誰より先に行き、やれやれ、とその右端へ座って一息ついた。エアコンが効いていていて、ここはからっとしている。

丘陵側は全体に、玄関同様、木目のはっきりした板壁で、山小屋を思わせる。

ダイニングキッチンは扉付きの棚や、二台の長テーブル、壁際にコの字にめぐらされたベンチまで同材質で作られていた。ベンチの下は収納で寝袋とかも入ってるの、と久実がまるで主のような顔をする。

一ノ瀬が二台の長テーブルの間から、ベンチの上が窓になっているところへ入り込む。

「広いな。このベンチで、男五人がゆうゆう横になれる」

「公介、そこ見て。さすが巨大」

立ったままの久実が、彼の近くの窓を指差す。窓ガラスの向こうには、緑がかった大きな蛾が太い胴を見せて休んでいた。蛾に目をやった一ノ瀬が、おっ、と身を離す。驚いたというより、小さな命に敬意を表した態度だった。草は、いろいろな模様や形のクッションの中から青い魚形のものを選び、ヤの字に締めた帯の辺りへ入れる。ただの板のベンチなのに座り心地がよく、寝そべりたい誘惑にかられた。妙に居心地がよい。この辺を片付けて拭いたらしく、久実が流しで雑巾を絞る。

しばらくして、草の後ろの方から、ぺたんぺたんと足音が近づいてきた。

まだいたんだ、との声に、長いシャワーね、と久実が言い返す。

草の脇を通りすぎた朔太郎が、だるそうに二台の長テーブルを挟んだ向かいに座った。湿ったままの髪に、洗いざらしでゆるゆるの白いTシャツ、ポケットが多いカーキ色の七分丈パンツ、上履きにしているのだろう黒い鼻緒のビーチサンダルという格好だ。

草は真正面に座った朔太郎のTシャツの、黒マジックで描いた落書きみたいな無数の顔に見入る。単純な線と、おかしな輪郭のとぼけた顔たちは隙間なく組み合わされ、国境線のわかる欧州地図のようにも見える。

一ノ瀬は、パックのほかほかのたこ焼きを平らげたばかり。まだもぐもぐしている一ノ瀬を横目で見た朔太郎は、僕のは、とうらめしそうに言い、久実がそれとほぼ同時に電子レンジのボタンを押した。白皿の上であたためられたたこ焼きは、今度はパックに戻されることなく、久実の手で楊枝が添えられ、そのまま朔太郎の前へ。

水切りカゴの中には、久実が暇だからと洗った器がまだ水を滴らせていた。

久実がキッチンペーパーで外側を拭った、大小のグラスとレトロな幾何学模様のマグカップに、冷蔵庫から出したペットボトルの麦茶が注がれる。草には中味がウイスキーに見えるカットガラスが、一ノ瀬には背の高い青のグラスが、朔太郎には白いマグカップが出された。久実は自分の使う器を探して上の棚の扉を開けたが、下の広い引き出し、と朔太郎が言い、そこから出されたシンプルなグラスにも、埃がたまってるかも、と言う。じゃあ、どれよ。水色と黒とエメラルドグリーンのマグカップが無難。これ？　違うって、その右隣。なんか、この麦茶も古くない？昨日開けたんだよ。そんなやりとりの末に、やっと麦茶を口にした久実が流しに寄りかかり、朔太郎の皿をちろっと見た。

「ありがたくいただきなさいよ、沢口監督のたこ焼きなんだから」

「さっき聞きました。別に、監督が焼いたわけじゃないだろ」

草は一ノ瀬と顔を見合わせて微笑み、口は挟まない。

「あー、朔太郎は沢口監督を知らないんだ」

「まあね。でも、大体わかるよ。この中で、前から沢口監督を知っていた人は?」

朔太郎以外の全員が、肩の辺りまで手を挙げる。なぜか久実が挙げたのは両手だ。

「なんで両手なのさ」

「寺田さんの分」

冷めた目をして、朔太郎が続ける。

「じゃ、沢口監督の映画を観たことがある人」

今度は、草のみが手を挙げた。

「その作品が、人生のベストストーリー映画に入ると思った人」

もう手を挙げる者はいない。そもそも、草は人生のベストストーリー映画など考えたこともなかった。

朔太郎がもぐもぐしつつ、勝ち誇ったように胸を張る。

「作品を観た人がグループに一人いるかいないか、評価は高いけど大好きってわけじゃない。カンヌがどうのとニュースになればみんながワーキャー、この街に来るとなると急にファンが増える。そんなとこだろ」

「うわー、感じ悪い」

久実がさっと朔太郎に近寄り、素手でたこ焼きをつまみとろうとしたが、朔太郎のほうが一瞬速く皿を遠くへずらした。

「もう食べたんだろ?」

「罰を与えたかったのに」

「何が罰だよ、食いしん坊」

いよいよ馬鹿らしくなったのか、朔太郎はとうとう破顔した。久実も笑顔になり、あっ見てくる、と突然アトリエの方へ行く。壊すなよなー、朔太郎が声を張る。

一ノ瀬は優しい笑みを浮かべ、首を左右に振る。朔太郎の傍若無人な若さと、それに負けない久実のあしらい方に、草も舌を巻いた。

朔太郎の背中側に、寝室、書斎らしき部屋が続いていた。どの境の引戸も開けてあるので、草の席から首を伸ばすと、左壁いっぱいのクローゼットや本棚、ベッドや机の端が見える。見たかったらどうぞ、と朔太郎が言った。それは、家族についてあれこれ訊かれたくないという意味にも聞こえた。

草は一日の疲れを感じ、今さら歩き回る気にもなれず、朔太郎の食べたり飲んだりする姿を眺める。きれいだな、と思う。湯を浴びたばかりのつやつやした顔、筋肉の盛り上がる腕。若いということは、ただそれだけで美しく、希望に満ちている。どんなに混沌として苦しくても、事実だ。それは、その季節を遥か昔に通りすぎた者にしかわからない。草は亡き父や母、あるいは周囲の中高年が若い自分をまぶしげに見ていた当時を思い起こし、今、自分が彼らと同じ目をしているのだと自覚する。視線を気にして顔を上げた朔太郎に、何、と目で訊かれたが、草は微笑むだけにとどめた。朔太郎もいつか、鬱陶《うっとう》しく感じるこの視線を送る側になることだろう。

久実が足どり軽くアトリエから戻ってきた。ひよこのような黄色い鳥が描かれた、古そうな丸いカードを持っている。丸いカードの下についている、割り箸の片割れみたいな長い棒を両手で挟み、手をこすり合わせるようにして左へ右へぶんぶん回転させると、黄色い鳥はドーム状の鳥籠の中へ入ってしまった。

久実が鳥のさえずりに似せた調子で、

「どうして閉じ込めるの、どうして閉じ込めるの」

と、鳴いてみせる。

間もなく回転は止められ、丸いカードは空っぽの鳥籠だけになった。

幼児なら、魔法かと思うところだ。

だが、大人には、黄色い鳥の裏側にドーム状の鳥籠が描いてあり、目の錯覚で鳥が籠の中へ入ってしまったように見えたのだとわかる。

「ぴよぴよマジック」

「アニメのもとになった玩具だ」

「それ、子供の時に作ったんだよ。どこにあった?」

「ソーマトロープ」

全員がバラバラなことを一度に言ってから、若い三人の視線が草へ集中した。

半世紀以上前に恋人から教えられた言葉が口からするっと出たことに、草自身も驚いていた。

ソーマトロープ、走馬灯みたいで覚えやすいだろう、動画つまりは映画の原型だ、と語った彼の作ったその玩具は、青い鳥で、丸いカードの両端にゴム紐がついており、振り回すようにしてゴム紐をよじっては引き伸ばして回転させるものだった。籠の中の鳥、とも彼は言った。鳥はそこでなければ生きられないと思って自ら籠へ入り、飼い主は鳥のためと信じて狭い籠へ閉じ込める。それも錯覚の為《な》せる業だ。そんなふうな話もしていた。愛情を鎖にしたくないという意思表示であり、彼と実家との望ましくない一面を物語ってもいた。恋人は夫になり、離婚して、とうに過去の人になった。

そう、ソーマトロープだ。よく知ってるね。これ、映画の棚にあったのよ。若い人たちが口々に言う。

一瞬のうちに遥か昔を旅した草は、なんだか胸がいっぱいになって小用へ立った。浴室方向へ向かう廊下の左には、外へ出られるガラス戸、それから映画監督用のような折りたたみ椅子と小さなテーブルがあり、壁には渓流釣りを楽しむ中年男性のかなり古い写真や、長年の功績を讃える表彰状が額入りで飾られていた。

「タカハシマート専務取締役　高橋辰太郎《たつたろう》……」

草はかつて見上げた、深緑色の幌を思い浮かべる。それは町中《まちなか》の商店街にあった、タカハシマートの本店。この街の人々に一種のあこがれを抱かせたスーパーマーケットだ。輸入品のジャムや紅茶、高値の食材がセンスのよい売り場にきらめき、一時はデパート以上だった。戦中戦後の貧しさ――それは自分をとりまく世界から色彩が失われてゆくことでもあった――を知る草たちの世代を引きつけた、あの本店の高級路線は短く終わったが、現在は関東一円に店舗を展開する大手スーパーマーケットへと成長している。

草はトイレが済んだら帰ろうと断って部屋を離れたのだったが、リビングダイニングの入口まで戻った。

「ねえ、朔太郎。棚にある映画は、誰の趣味」

「祖父。僕が生まれる前に死んだ」

「お父さんも映画が趣味？」

途端に、朔太郎の表情が曇った。

草は、例の無名の男を捜すために映画好きの伝《つて》をたどれればと考えたのだったが、藪蛇になってしまったらしい。別にいいの、と言おうとしたものの、朔太郎が先に口を開いた。

「父は違うと思う。十一の時に出ていったきりだから、よく知らないけど」

もういいわという意味で、草は右の手のひらを見せて小さくうなずいた。

が、朔太郎はやめない。一重の目を見開き、鼻孔をふくらます。家族のことがそんなに知りたいなら聞かせてやる、そういう態度だ。

「母に言わせれば『単身赴任』。行方知れずの単身赴任なんて、あり得ないのに。父がここで別居していた時は『出張』さ。子供にも、その馬鹿げた言い方を強要する。やばい事実から目をそらして、今までと何も変わらない、大丈夫だっていう自己暗示にかかろうとするんだ。近所や学校は、異様な目で僕らを見る。そりゃそうだよね。どういう言い方したって実態はバレバレだもん。もしさ、テレビや新聞が、米軍機が墜落したのを『不時着』だとか、首相が大臣を更迭したのを『辞職交代』だとか表現し出したら日本の終わりの始まりだと思うけど、我が家はすでに終わってる。気色悪いよ」

突き放した口調の底に、怒りがくすぶっている。

「出ていった父のほうが、まともなのさ」

どうだ満足かという表情に対し、草はただ朔太郎を見つめた。映画好きの伝がほしかったという理由を呑み込む。こうなっては、気が静まるまで待つしかない。強迫観念にかられたように、店長さん、森野さん、と呼ぶ、朔太郎の姉の姿が思い出された。あれも、人をさん付けで呼ぶよう、母親から言われてのことなのだろうか。

一ノ瀬が作り付けのベンチから出てきて、帰りましょうと視線で促す。草はうなずいた。

帰り際、久実が倉庫の仕事が残っていると念を押した。

だが、朔太郎は鳴った携帯電話に出て、よう、と陽気な声を出し、久実には返事をしなかった。

第三章

# 狐雨は嵐の晩に

窓を開けると、天気雨。

雨粒がキラキラと虹色に光っている。

きれいと知らせたくて、振り返ろうとする。が、さて、後ろには誰がいたのだったか。思い出せない。

草は目を開けた。薄闇に天井がぼんやりと見え、布団の中にいると知る。眠っていたのだ。天気雨は夢だった。後ろに誰がいるのか、それが思い出せないと振り返れない気がした、その夢の感じもまだ身体の中に残っていた。現実の雨音がザーザーと強くなった。柱時計の鐘が五つ鳴る。雨戸は閉めてあっても、晴れていれば朝日はあちこちから忍び込む。いつもより暗く感じるのは、天候のせいだ。

雨降りの定休日。時折、風の音がする。もう目が覚めてしまったけれど、のんびり過ごすと決めていて正解だったと草は思う。この数日、いつにも増して早寝に徹しているからか、いくらか身体が楽になってきた。映画の件、沢口監督の別のお願い、朔太郎をめぐる騒ぎと目まぐるしかった一週間もいくぶん遠のいている。

寝間着のまま縁側に立ち、雨戸を開けた。また風が吹き、瞬く間に窓は濡れ、雨だれに庭の緑が滲む。この降りでは、と独り言ち、今朝は河原まで歩くのをやめにする。そのかわり、丘陵の観音像や三つ辻の地蔵のある方向へ向き直って手を合わせる。右手首に鈍い痛みが、縁側を踏む左足から腰にかけてしびれが、まだけっこうあるのを自覚する。今日がまた与えられたことに感謝し、親しい人々、それと彼岸で待つ家族らが幸せであることを願う。このところ、その中には朔太郎の存在もある。あれから三日になるが、小蔵屋には現れていない。

「さてと」

縁側の折り畳み式の物干しには、昨夜のうちに洗った洗濯物。衣紋掛《えもんか》けには、今日着る蚊絣《かがすり》――藍に細かな十字模様――の楽でさらっとした単衣《ひとえ》の紬。

朝食は、関西旅行をしたつもりになって茶粥にする。甘塩の鮭、がんもどきと野菜の煮物、野沢菜漬け、果物入りヨーグルト。茶粥は炊飯器まかせ、あとは冷蔵庫の残りものがほとんどで手間はかからない。それでも塗りの盆にそれなりの器で並べれば、旅館の朝食並みに見映えがして食欲が増す。茶粥を炊く間に身支度を整えてざっと掃除をし、テレビのニュースを見ながら朝食を済ませ、新聞にゆっくり目を通す。夕方には雨がやむと天気予報が伝えたそばから日が射し、縁側の向こうの濡れた庭が輝き始めた。

「ずいぶんな、はずれね」

ボーンと一つ鳴った。草は柱時計を見上げた。少し進めてあるから、正確にはまだ七時半になっていない。

「今のうちに行っとこうか」

表に出ると、日射しは強く、大気に重さを感じるほど蒸していた。緑の濃い丘陵も、縦横に走る道のどの店舗や住宅も、連日の雨に洗われて光っている。おはようございます、晴れましたねえ、と顔見知りの数人と挨拶をかわす。

拍子とりに晴雨兼用の黒い蝙蝠傘をつきながら、かかりつけ医のところへ行くと、受付から四十分ほどして診察室へ呼ばれた。

挨拶後、医師は予め《あらかじめ》待合室の隅で計ってあった血圧の数字を見た。

「血圧はいつもどおり高めですが、まあまあでしょう。身体はまだ痛みますか」

草はうなずき、右手首の痛みと左足から腰にかけてのしびれが続いていると伝える。先月の詳しい検査で、頸椎と腰椎のヘルニアが進んでいることはわかっている。故障のない高齢者などはしない。初めてヘルニアを指摘されたのは、寝込むほどではない背中の痛みが続いた六十代だった。以来、頭から腰にかけて重さや痛みが出ても、日常の範囲になった。だが、血圧が高めなだけで元気、ヘルニアだって筋力を維持して付き合う程度のもの、年齢なりよ、と思えた時期も過ぎつつあるらしい。

「塗り薬と湿布、鎮痛剤と筋肉をやわらげる飲み薬をまた出しておきます。それから」

医師が、草の右手首に目を落とす。

次に何を言われるのかがわかり、草は居住まいを正した。右手首の骨には、ごく小さな罅《ひび》が治った跡があった。天気が悪いと痛みがぶり返す。これも先月レントゲンを撮ってみて、怪我の痕跡がはっきりしたのだった。そういえば、使うたびにピリッと痛んだ時があってサポーターをしていたんだった、腫れていた時期もあったっけ、とさかのぼって考えてゆくうちに、二月の騒動に思い当たった。あの時、暴れた子供にしたたか手を叩かれ、そのあとしばらく痛みが残っていたのだが、後回しにしてしまったのだった。

「怪我をしたら、我慢せず受診すること」

「はい。肝に銘じます」

「恵まれたお身体なんですから、大切にしてくださいね」

「ありがとうございました」

調剤薬局からの帰り道、草は無臭性の湿布薬がなくなったのを思い出した。処方された湿布薬はにおいがきつく、コーヒーの香りを台無しにするので仕事中に貼れない。

「ええと……まだ九時半か」

腕時計の小さな文字盤に目を凝らした草はまた歩きだす。近くのドラッグストアは十一時開店だし、かといって出直すのも、と思案している間にバス停のある歩道へ至り、ちょうど丘陵の方からやってきたバスに流れのまま乗り込んだ。町中なら、もう開いているドラッグストアがいくつもある。

車窓を流れてゆく長い橋の欄干、ゴルフ場や運動場のある広々とした河原、国道の信号待ちの車列、緑鮮やかな銀杏並木、音楽ホール、城址周辺の整備された公園。

そこに天気雨も見たような気がしたが、錯覚だった。座席から見上げる空は青く、窓ガラスにも雨粒はついていない。無名の男の映像作品が、胸のうちに再生される。風に揺れるレースカーテン、家族の姿がないリビングダイニング、ひらめく赤い花柄のスカート、水たまりに映る青空、商店街らしき高い屋根、河原の子供たち——もう何度目になるだろう。ふとした瞬間に、過去へ誘《いざな》うかのように、あの作品が手招きを始める。

気づけば、中心市街地にいくつもあるドラッグストアの中から、倉庫のような造りで安さ重視の最も古い店を選び、その辺りから始まる銀座通り商店街を歩いていた。

少し風が出てきて、時々商店街を吹き抜ける。

銀座通り商店街は、旧来の映画館を五つ六つ抱え、長々とアーケードが続く。時代も変わり、さらに平日の午前中とあって静かなものだが、昔はこの商都の中心だった。かつて、銀座といえばここであり、有名なほうの銀座は、東京の銀座、とわざわざ言ったものだ。

久し振り、と草は懐かしさに首を回し、アーケードの平たい屋根を見上げる。

その半透明の屋根は日光を白く透過し、平らな骨組みは線路を連想させる。修理や一部の張り替えを繰り返しても、デザインは上り調子の昭和の頃から変わらない。

「やっぱり、ここかな……」

顔のはっきりしない無名の男が、そうだよ、とささやく。

草は一人微笑み、また進む。

文房具店、衣料品店、書店といった昔ながらの店の間にぽつぽつと、ガラス張りで洒落た新しいバーや古着屋、店構えを今ふうに改装した花屋、居酒屋、和菓子店などがある。

「ちょっと見ない間に、また変わって」

一方、この辺りの映画館は、時が止まったような佇まいだ。駅の近くや郊外のショッピングセンターにあるシネコンと呼ばれる複合映画館や、アート系の映画を多く上映するミニシアターができてから、すっかり人が引けている。

かつて最も大きかったキネマ国際劇場の前で、草は立ち止まった。

正面の外観はアールデコふう。長い窓が縦線を強調して優美に並ぶアールに突き出た出入口が特徴的だ。中に入れば吹き抜けで、半円の天井のコンパスで描いたような幾何学模様の白と黒と金色が美しく、今も目に焼きついている。いつの頃からか自動になったガラスドアには着物姿の老婆が映り込み、その向こうに、若い頃のままの、二面続きで角の丸いカウンターとチケット販売コーナーの小窓がうっすらと見える。

見上げると左端に、かなり前の映画『タイタニック』の大看板がかかっていた。だいぶ色あせている。かかっているというより、長い間かかりっぱなしなのだ。

「難破船だね」

そう声がかかり、草は横を見た。

きれいに禿げ上がった同年代のポロシャツ姿が、いつの間にかそばにいた。適度な距離をとった左に立ち、たっぷりとした腹を突き出してキネマ国際劇場を見上げている。古い映画館に対する揶揄《やゆ》というより、愛情から出た言葉という響きだった。長いこと務めを果たしてきた仲間意識といってもいいのかもしれない。

「小蔵屋さんは、お休みですか」

この辺りでは着物姿がめずらしく、草を小蔵屋の店主とわかる人は少なくない。

「ええ。銀座は、また新しい雰囲気のお店が増えましたね」

「銀座か、銀座……」

そう言う人と久し振りに会ったみたいに、ポロシャツ姿が微笑みながら自分のつま先辺りに目を落とす。

「うちなんかも、あとがいなくてね」

小蔵屋に跡取りがいないことを承知しているのだろう。何屋なのか、昭和のままの帽子店や眼鏡店、シャッターの閉まった店舗と続く左後ろの辺りを顎で示す。それから、キネマ国際劇場の方へまた視線を戻した。

「希少な手描き看板だからね。映画祭の会場の一つになっても、他の映画がかかっても、ずうっとこのまんま。こうしとくと喜ぶ人が多いんだ。映画祭に来る監督や俳優の人たちも、ここで写真を撮ってったりしてね」

ポロシャツ姿が、少々誇らしげに肩をそびやかす。

オルガンが聞こえる。この先のアーケード沿いにある教会からだ。

オルガンに賛美歌、ちんどん屋、商店街が流す軽快な音楽、売り買いの威勢のいい声、多くのおしゃべりや笑い。人のごったがえす活気に満ちた昔々の商店街が、耳の底からよみがえってくる。たい焼きや焼き饅頭、ホルモン焼き、キムチ専門店等々、人を誘うにおいも強烈だった。

「ここは、今も映画館なんですね」

「粗方閉館して、取り壊したのもあるけど、ここはね。マイ映画館も好評で」

「マイ映画館？」

「名のある映画好きが、私の一推しを選んで、それをここでしばらく上映するんですよ。一日は、その人もやって来て、直に話が聞ける。館内でビールやワインのドリンクサービスがあって、商店街の焼鳥やピザなんかの持ち込みもできる。チケットで割引がきいてね。一杯飲んで和気藹々《わきあいあい》、楽しいですよ」

何を思い出すのか、ポロシャツの上の顔がにっこりする。

「いいですね。大人の楽しみは、そうじゃないと」

草は右後ろの先の、今は鍼灸院と、間口一間ほどで奥行きのほとんどない小さなクレープ店になった辺りを見る。

「ここの前だって、昔は食堂でしたでしょう」

「うん、そうそう。――る食堂」

小型トラックがクラクションを鳴らして後ろを通過し、一瞬、老人の声を遮る。

「鈴木のはっちゃんと、まこちゃんが……あはは、いや、そこを営んでた鈴木さんの夫婦も大の映画好きでねえ。金がたまるなんて景気のいい店の名前をつけた割には、映画の話ばっかりしちゃ、映画館に通ってるから、金なんかたまりゃしないんだ」

懐かしげな昔語りに、草は声を立てて笑った。記憶の中から、黄緑色の縁取りでひらがな三文字が並ぶ食堂の看板と、人のよさそうな夫婦の姿がおぼろげに浮かんでくる。

相手の話は続く。

「二人ともこっちの人じゃなくて、あちこちで苦労が多かったみたいだけど、映画館の前に店を構えられたってんで、あの頃は幸せそうでねえ。でも、ご主人が亡くなって、奥さんが女手一つで男の子を育てるのにまた苦労して。子供は大きくなったけど、奥さんもだいぶ早死にだった」

しんみりしてゆく口調に、草はただうなずく。いい歳になれば、そうした話に慣れるが、他人《ひと》事《ごと》とも思えない。

ポロシャツ姿がつるんとした頭を掻き、マイ映画館だったっけね、と律儀に話を戻す。

「こっち出身のロックのギタリストや、小説家、タレントもいたけど、意外と、若い学者や政治家の回が面白かったですよ。映画も、海外の知らないようなドキュメンタリーで、夢中になって見ちゃったなあ。二人とも同じようなことを言っててね。スクリーンの彼らは行動して社会を変える、でも、僕たちは毎日きゅうきゅうとしていても、押し黙ってじっとして、投票行動もこれまでどおり。ま、言われてみりゃ、ほんと、どうかしてるんだ」

まったくね、と草は思ったが口にはせず、

「もう変わりますよ。どうかしてる私たちが、自分のできるまっとうなことを一つする。それだけで、うんと変わる。すごく簡単」

と、それのみ言って会釈し、先へ足を踏み出す。

「ほんとだねえ。考えてみりゃ、簡単だ」

立ち止まってしびれが増した左下半身に、それ、動け、と草は心で励ます。

籠の中の鳥を思う。

ぶんぶん振り回されて押し込められたような気になっていても、冷静に眺めてみれば、鳥は端から自由だ。


ステンレスの広い調理台の隅で、別によかったのに、と草は肩身を狭くする。

友人寺田博三、通称バクサンの、糊のきいたコックコートの広い背中を上目遣いに見る。一時半を過ぎたポンヌフアンの厨房では、バクサンの指示の下、まだ従業員が忙しく立ち働いている。

土壁の西洋風田舎家のレストランは、昼の山を越えたばかりだ。

とはいえ、目の前にほぼ出揃った、ランチの小さなコースには顔がほころんでしまう。前菜の長皿は、ベビーリーフに揚げ牛蒡《ごぼう》のサラダ、皮をむいた茄子で海老を巻いたクリームがけ、ガラス器に魚介と野菜の賽の目が美しいコンソメゼリー寄せ。メインの皿は、見ただけで皮がパリッと仕上がっているとわかる鯛のポワレ。

調理器具や食器の音、メニューを復唱する声が、プロらしいリズムを刻む。

ソースパンの中味を味見したバクサンが、分厚い肩ごしに振り向き、さあ、食った食った、と口パクで促す。

わかりましたよ、いただきます、と同じく口パクで答えた草は、蚊絣の紬の上に白いナプキンを広げる。揚げ牛蒡とベビーリーフを一口、そのカリカリの食感に続いてクリームがけの茄子のとろり、海老のぷりぷりを堪能し、鼻に抜ける微かな山葵《わさび》の香りにうっとりしたあとは、もう止まらない。すべてが箸とスプーンで食べられる小さなランチコースの、食感と味の豊かさに、夢中になった。バクサンの、五感を刺激する和風フレンチは今日も健在で、脱帽だ。アーケードを出たところでふと思い立って予約の電話を入れ、電話をかわったバクサンに、一番遅い時間にでも席が空くかしら、とたずねたことを、厨房へ通された時には後悔したのだったけれど。

十分程度できれいに空になった皿を、バクサンがどうだとばかりに見下ろす。草はひんやりしたステンレスの調理台へ両手を重ねて置き、頭を下げた。

「恐れ入りました。食べきりサイズがテーマのランチにしてやられたわ」

「よしよし」

厨房のあちこちから、くすくすと笑いが起こる。草は滅多に来ないが、ここととは長い付き合いなので、顔見知りの従業員が多い。

バクサンは日々鍛えている引き締まった身体で、さらに胸を張る。

「デザートは、今現在のお腹に聞いて、大小選べる。どうする」

いいわね、と言った自分の表情がどのくらい輝いたか、バクサンの顔を見れば明らかだった。草はためらわず、大きいほうのデザートを選ぶ。土産として買うだけでも予約がいるほど人気の焼き菓子、プルーンのケーキが目の前で分厚く切り分けられ、うわぁ贅沢、と思わず声を上げてしまう。そこへさらに、ベリー系とバニラのアイスクリーム二種盛り、熟《う》れて香るマスクメロンの小さな一切れが添えられた。

「メロンは、サービス」

「うれしい」

「その食欲があれば、大丈夫だ」

コーヒーの師匠の店の、申し分ない一杯を啜った草は、電話の際に正直に答えすぎたと反省した。問われるままに、病院の帰りにキネマ国際劇場の辺りをぷらっとしてたの、席があるならバスで行く、一人よ、待つのは平気、文学館にでも行って遊ぶから、などと返答したのだった。今は、バクサンの気持ちがよくわかる。よほどのことがないと連絡などしない女がこう言ったら、落ち込みかげんの停滞した日を一人で過ごしているのかと思い、無理にでも厨房に席を作り、せめておいしいものを食べさせようと思うだろう。

「実は、頼まれて人を捜しているのよ」

食事を終え、なるべくすっと動いた感じに見えるよう席を立ってから、草はバクサンに両面コピーの一枚ものを渡した。沢口から渡された記事のコピーとその裏面にとった、無名の男に関するメモだ。自分の息子を時に運送屋と呼ぶバクサンが、映画の件なら運送屋から聞いてはいたが、と小首を傾げる。

「それとは、別のお願いなのよ」

「別のお願い？」

記事を斜め読みし出した目が、興味をそそられ、真剣になってゆく。

草はそこに、小説家として前途を嘱望《しょくぼう》された若かりし頃のバクサンを見た。家族にさえ秘密の、かつての顔だ。

「監督を目覚めさせた、無名の男か……」

「その作者不明の、短い作品を観せてもらったんだけど、これが……忘れられないのよ」

「等伯？」

記事にある、水墨画、長谷川等伯の松林図屏風だと評した沢口の言に、バクサンが疑問を呈する。ちょっと笑い出しそうだ。

「映っているのは、風にこう、レースカーテンが揺れるリビングダイニング。ソファに長くなってる男の視点でね。あとは、天気雨や商店街みたいな、子供の頃の記憶らしきシーン。たぶん、両親との外出をすっぽかして遊びに行っちゃった日のことね。そうして最後に、男はリビングダイニングの掃き出し窓から消えていなくなる。まるで、二度と戻ってこないみたいに。顔は最後まで映らない。リビングには、もう誰もいない。ずっと流れている音楽は散歩みたいな明るさとテンポの、海外のヒット曲でね。訊いたら、その歌詞が曲調と正反対。花嫁に逃げられ、両親も亡くしている男の歌なの」

仕事中のバクサンが、理解しようと努めるそばから想像力の限界に達しているのがもろにわかり、草は降参の意味で肩の高さに両手を上げた。

「言葉じゃ無理。伝えられないわ」

バクサンが唇の片端をきゅっと上げる。さもありなんという顔だ。

「ただね、消えないのよ」

「何が」

「天気雨。降っては深いところが揺さぶられ、深いところが揺さぶられては降る、そんな感じ」

始末に負えねえな、とバクサンがうれしそうに微笑む。

観てみたいと顔に書いてあって、草はうれしくなってしまう。人の心に触れては魅了し、時空を超えてずっとともにある、そうしたものたちと、バクサンもきっと生きてきた。小説や詩、映画、絵画といったものたちは、別れることのない、永久《とわ》の支えだ。

「なんだい、この三山かるたって」

「それが映っていたから、無名の男はこの辺りの人間じゃないかってわけ」

「ほう」

「それと、映っていたアーケードは、銀座通り商店街だと思うの」

「銀座？　キネマ国際劇場のある？」

「そう。改めて見てきたら、並行に走る二本線に横棒っていう屋根のデザインが線路みたいな感じで、やっぱりそっくり」

バクサンが両面コピーからすっと顔を上げ、草をまじまじと見つめる。それから一瞬視線を上へ飛ばしたかと思うと、軽く咳払いした。

「つまり、ここへ来たのも、用があったってわけだ」

「じゃなきゃ、来ないわよ。バクサンは顔が広いんだから、よろしく」

無名の男と思われるいくつかの姓――鈴木、田村、田丸――を書きとめた箇所を突つき、草はしれっと言った。

心配して損したと顔に書いてあるバクサンに、ごちそうさまでした、と心から述べるのも、もちろん忘れはしない。

ここへ来てどれほど元気になったかを、わざわざ言ったりしないかわりに。


翌朝、萩原朔太郎の詩を、例の一つだけ売れた竹とガラスの器の脇へ飾った。

「来ないわね、朔太郎」

「あいつ、十日間で倉庫を片付ける約束だったのに」

倉庫の整理は、朔太郎が半分ほどを済ませていた。残りは二人でちょこちょこすれば終わるのに、これまで手をつけていない。

「あと幾日か、待ってみようか」

「そうですね」

パソコンで流麗な毛筆ふうに印刷した詩は、若竹色の手漉き和紙に貼り、角形のガラスに切れ込み一つのカード立てで展示してある。久実が首をひねった。

《 竹

萩原朔太郎

竹は直角、
人のくびより根が生え、
根がうすくひろごり、
ほのかにけぶる。

（大正四年元旦）》

「ホラー？」

言い得て妙といえなくもないその一言に、草は噴き出してしまった。詩とともに、白黒の顔写真付きの人物紹介も置いてある。太平洋戦争中に五十五歳で亡くなった彼の、何もかもを見極めようとするかのような大きな目が、さらに見開かれたみたいに感じた。口語自由詩を確立した、日本近代詩の父と称される詩人も、久実にかかっては形無しだ。

あー笑った、お草さんひどい、と久実が真っ赤になる。

「ごめん、ごめん」

「だって、これ、ホラー以外に受け止めようがあります？　地面に倒れた人間から直角に竹が生えて、その人の首から根っこが伸びる図しか思い浮かばない」

そうかもね、と言いつつ、草は笑いすぎて涙目になった。「直角」を同じ音の「直覚」とし、伸び揺れて鋭敏に直接感じとるアンテナのような感覚を竹、その感覚を持ちうるため痛みをともなって不気味に生えひろがる神経を根とする、自身の解釈を押しつける気はなかった。上昇と下降、天空と地下、陽と陰、生と死、相反するイメージがうごめく幻想的な世界は、確かにどこかホラーかもしれない。

「じゃあ、正解は何なんですか」

「いいの、いいの、詩は自由なんだから」

ふくれた久実は、やって来た運送屋の寺田にも和食器売り場で詩を見せ、解釈を迫った。寺田が腕組みする。

「パス。自慢じゃないが、通信簿の国語は『3』と決まってたんだ」

「意気地なし」

「なんで」

「言えばいいじゃないですか、自分がどう思ったか。自由なんだから。私は言ったもん」

そうそう、久実ちゃんは勇気ある、とカウンター内から草は相槌を打つ。

そういや、と寺田が言い、コーヒー豆の棚越しにちらっと草を見た。その急な真顔に、よい予感はしなかった。

「一ノ瀬さん、元気かい。近頃、顔を見ないけど」

寺田は、ずっと思っていたことを言ったのだった。久実の口から彼のことを、つまり二人がうまくいっているのかどうかを聞きたがっていた。寺田の前でカウンターの方に背を向けている久実が、ちょっと肩をすくめる。

「普通ですよ」

「普通？」

「三十キロのザックを背負って、今朝もランニングしてました」

薄日の表から、雀の囀《さえず》りが響く。

はあー、と草は寺田と声を揃え、顔を見合わせた。

常人には計り知れない鍛練だ。高校時代に重い荷物を背負って登校したり、校舎の外壁にロープをたらしたりして、人目を憚らずトレーニングをし、謎男《なぞお》というあだ名を付けられた山男は今も変わらないらしい。

先日、朔太郎の山の家で、草の問いかけに一ノ瀬はこう答えた。

――街に残る？　それとも……。

――山へはもう。

山へはもう行く気はないが、登山のための身体づくりは欠かさない。一体、それはどういうことなのだろう。矛盾しているとは思うが、一ノ瀬という人間を思い浮かべると、そうかもしれないと思わされてしまう。山は彼の選んだ場所であり、弟を奪われた場所だ。今の暮らしも彼の選択であり、山は相変わらず彼を呼び続ける。彼の左右の目が、手が、足が、まったく別の世界を求めている。引き裂かれるような矛盾それ自体が、彼の魅力でさえあった。

そのことを最も肌身に沁みてわかっているのは、久実に違いない。

草はそんな思いをめぐらしつつ、荷物の受け取り伝票に押印して寺田を見送り、この日最初の客を迎えた。

「いらっしゃいませ」

萩原朔太郎の短い詩は、目にした人々に様々な反応をもたらした。しばらく立ち止まって考える人、ぶるっと震えてみせる人、高校生たちの間からは笑いも起こった。中には、首の辺りで両手の指をもやもやと動かし、竹の化け物を演じて仲間に迫って騒ぐ生徒までいる。いずれにしても、何かしらの衝撃はあったらしく、それが草は愉快だった。竹とガラスの用途自由な器と、奇妙な短い詩。それらが印象に残るだけでもかまわない。

雨がちな土日を経た週明けには、カウンターで本をよく広げる主婦が現れ、あら朔太郎ね、とうれしそうな顔をした。草と同年代だ。

少し肌寒いからあたたかいコーヒーを、と希望し、試飲しながら、

「もっと長いほうの『竹』しか知らなかったわ、『月に吠える』の中の」

と、文学好きらしく萩原朔太郎の最初の詩集を挙げる。

「彼は後年、日本主義を唱えて文語体で詩を作るようになったけれど、私は国粋主義者とは思わないわ」

「るなぱあく」

詩人がうたった遊園地の名を、草は口にした。

「そうね、るなぱあく」

客の主婦はにっこりし、『遊園地にて』の一部を暗唱する。

「遊園地《るなぱあく》の午後なりき
樂隊は空に轟き
廻轉《かいてん》木馬の目まぐるしく
艶めく紅のごむ風船
群集の上を飛び行けり
……だったかしら。恋と人生の詩でしょうけど、ザッザッザッと軍靴の音が聞こえてきそうで、どこか哀しいわ」

模擬飛行機。飛翔。落日。続いて、そういった言葉でも歌われてゆくこの詩の世界を、戦闘機から見る光景のように感じるのは、生きた時代のせいなのだろうか。草は、客の言葉に共感を覚え、先週文学館でもらってきた何枚かの印刷物を見せた。

母校の中学や広瀬川といった郷土の情景もうたった詩集『氷島』は、一九三四年（昭和九年）に刊行された。「遊園地にて」の初出は一九三一年、満州事変の年だ。日本は一九二九年の世界大恐慌で不況に陥り、軍部が台頭、軍事的な欧米化を押し進め、満州事変から日中戦争、太平洋戦争へと地獄になだれ込んでゆく。平穏な日常を暗い大波が呑み込んでいった時代の、微かな地鳴りのようなものを、いま読むと感じないわけにはいかなかった。

そんな思いが消えないまま、先日、草は文学館を出て、広瀬川の整備された河畔の緑地帯を休み休み散策したのだった。中心市街地に狭い幅ながらも豊かに流れる広瀬川に沿い、欅《けやき》や柳が木陰を作り、ベンチやカフェがある。そうしてその日も、仲のよさそうな男女がベンチで肩をよせあい、橋をゆく自転車の車輪は陽光にきらめき、カフェかどこかから梅雨の晴れ間にふさわしい音楽が流れていた。

ラジオが、次はドビュッシー『水の反映』を、と告げ、草は音量を少し上げた。

昼前の地元FM局は、雨に似合うクラシック特集。天候不順だった週末に続き、今日も朝から小雨が降り続いている。

「あの、映画はお好きですか」

ドビュッシーを衝立がわりにした草の問いかけに、客の主婦が眉間を開いた。文学館の印刷物を読むためにかけた老眼鏡を指先で押し上げる。

「ええ、好きよ。聞いたわ。ここで映画を撮るんですってね、沢口監督が」

「実はその件、まだ決まっていなくて」

「あら。噂って当てにならないわね」

普段客とは適度な距離を心がけ、相手から話しかけられたら話す程度にしている草だが、沢口の別のお願いを放ってはおけない。

沢口の記事と自分のメモの両面コピーを主婦へ手渡し、簡潔に説明して、心当たりの人物はいないかとたずねる。目ぼしい人にこうして訊いてみてはいるが、芳《かんば》しい返事は得られていない。

客の主婦は、こういうつながりが存在するのね、と記事をしみじみ見つめる。

「撮るほどの映画好き……か」

「無名の男。そう表紙に書いた小さなノートを、沢口さんが持っていて」

主婦は一拍置いてから顔を上げた。和食器売り場に一人、楕円のテーブルに二人という客の少ない店内を見回し、草へ顔を近づける。

「直々に頼まれたの？　ここに来て？　やだ、本当に？」

月曜午前の比較的客の少ない店で、草は主婦の小声の質問に一つ一つうなずく。

「よし、わかったわ。これ、もらってかまわない？」

気合の入った主婦の顔に、草は大きくうなずき、礼を述べる。

コーヒー豆の包みを持ち、花柄刺繍のブラウスに向日葵《ひまわり》色の透けるショールを羽織った主婦が、ごちそうさま、と帰ってゆく。

草は独特のありがとうございましたで送り出そうとしていたが、客は次第に足運びが鈍くなり、ガラス戸の手前で踵を返して戻ってきた。

「いたわ。撮るほどの映画好き」

客は視線のみ下に向け、人差し指で唇に触れる。必要な記憶を言葉にして取り出そうとするかのような仕草を前に、草は黙って待った。

「ええとね、駅前のバス通り沿いにある日本酒バー。友だちに連れられて行って。お店の名前は、漢字で一文字の……なんだったかしら……日本各地のお酒が上手に保管されていて、古酒なんかもあって、熱燗から冷酒までおいしく飲めるところなのよ。それで、そこにあったの。今月の一本」

今月の一本、と草はそこで初めて先を促すべく声を発した。主婦が大きくうなずく。

「日本酒じゃないのよ、映画。ＤＶＤやパンフレットが壁の目立つところに飾ってあって、添えてある手書きの解説が面白いの。文字も、視点もユニークで。私が行った時は、ええと……ほら……あっ、そうそう『追憶』だったわ。バーブラ・ストライサンドの」

草は期待を込めて、我慢強く、客の顔を見つめる。

「そこのマスターが映画を撮っていたそうなの、かなり本式に。五十代だと思う」

「マスターの名前は」

「タカハシ」

草の期待は一気にしぼんだ。

表情を読み取ったらしき相手に、さきほど手渡したのと同じ両面コピーを見せ、メモの肝心な部分を指し示した。老眼鏡をすでに外していた主婦が目を凝らし、読み上げる。

「四十代から五十代の……鈴木か、田村か、田丸」

ええ、とうなずいた草は、悔しそうな主婦を励ますつもりで微笑む。

古いことならするっと出てくるのに、つい今し方のことはぽろぽろと頭からこぼれ落ちてしまう。草自身も、身に覚えがありすぎるほどだ。


雨がちの日が続き、少し晴れては、また長々と雨になる。

そんな梅雨らしい天候に、ほんとよく降りますね、と久実は半ば感心したようにガラス戸から鈍色《にびいろ》の空を見上げた。空梅雨も困るけどこれもねえ、と草は返す。

外はいやに暗いが、それでも店の入口脇の紫陽花《あじさい》は青く鮮やかだ。

火曜の昼下がり、客が途絶えて小一時間が過ぎた。

草はカウンターの奥で愛用の木の椅子に座り、老眼鏡をかけ、梅雨特別企画のダイレクトメール葉書に宛名シールを貼っている。

胸のうちには、少し前にいた居眠りの世界がまだ見える。虹色に光る霧のような天気雨、中へ入れない西洋ふうの屋敷、滴だらけの窓ガラス。外にいて、風の音を聞き、でも、たぶん濡れていなかった、はず。断片的な夢の名残は、思い出そうとするそばから溶けて薄れてゆく。意識のどこかで久実の鼻歌も聞いていた気もするが、あれも夢だろうか。

梅雨明けまでの期間、『紫陽花色掘り出し市』を開催し、雨天のみコーヒー豆を増量する。増量キャンペーンが終了したばかりのため『雨天増量キャンペーン』の文字を大きく躍らせた。倉庫の片付けで出てきた器は青系統が多く、それらを紫陽花に見立て、急遽、客足の鈍る期間の企画とした。中元の販売促進にもつなげたい。

「リボン、どうします?」

楕円のテーブルにいる久実が、右手で細いリボンを二種類、瑠璃色と銀色を、左手にパリッとした感触の透明な袋に入れた器を掲げる。紫陽花色掘り出し市用に包装しているのだ。

草がそちらをよく見ようと背筋を伸ばすと、藍染めの長座布団を背もたれまで敷いてある椅子がくぐもった音を立てて軋《きし》んだ。まるで身体の軋みのようだ。

「使おう。どうせなら、楽しくしたいもの。水浅葱《みずあさぎ》のリボンもあったでしょう」

染付の花や千鳥文様のレンゲ。瑠璃釉《るりゆう》やターコイズ色の手塩皿。英国現代陶芸の祖と言われるバーナード・リーチの『渡鳥文皿』の青を思わせるデミタスカップ。光も限界となる深海を覗き込むような、若い作家のガラスのぐい吞み。他にも、水面をフリーハンドで切り取ったような角皿、釉《うわぐすり》の微量な鉄分が還元炎で反応した青色と氷の罅のような貫入《かんにゅう》が美しい青白磁《せいはくじ》の一輪挿しなど様々だ。

ぽつんと残ったもの、セットのうちの一つ二つが割れてしまったもの、けっこういいものなのに何年経っても不思議と売れないものたちが、紙を細く切った緩衝材を使った中味の見える包みで生まれ変わったように輝き始める。安価なものは少々見映えよく、そこそこ値の張るものは逆に身近に感じる、そこがいい。濃い色の器には淡い色のリボンや緩衝材を、地味な器には銀や光るそれらを合わせる。リボンや袋、緩衝材といったものも倉庫から出てきた余りものに過ぎないが、工夫次第だ。

「ポップをつけましょうか。ささやかなプレゼントとしてどうぞ、みたいな」

そうね、と草は座ったままで中元のコーナーの方を見やる。

「自分へのご褒美？」

「ちょっとありきたりかなあ。お中元ほどかしこまらず、この器ならあの人にあげたいなとか、がんばってる自分にとか、そんな感じ」

「じゃあ、何でもない日の贈りもの？」

それいいですね、と目を見開いた久実が、しかし、少々思案し、表の方を見た。

「何でもない日の、花束みたいに。とか」

何でもない日の花束。

それを想像しただけで、気持ちがふわりと華やぐ。

久実が軒下の紫陽花を見ていたのだと、草は今わかった。

「それでいこ。久実ちゃん、冴えてる」

あれこれ話すうちに、さらに自分たちが楽しくなってくる。和紙タイプのやわらかで透ける包装紙を、陳列台の上で複雑に波立たせるようにして、そこへ包装済みの青系統の器を並べてゆく。円形に、中心ほど高く。紫陽花色の器を花束ふうにディスプレイする。

「色紙《いろがみ》、ありましたよね」

「あったはずよ。事務所の奥の、薄い引き出しに」

三十分後には、久実が市販品のような紫陽花とも花束ともとれる立体カード——薄緑のカードを開くと、紺碧《こんぺき》と水縹《みずはなだ》の二色、七つの丸みを帯びた花が半球形で手前に飛び出してくる——を作り上げ、何でもない日の花束みたいに、と優しい筆跡で書き、商品に添えたのだった。

「すごい。どうして、こんな飛び出すカードが作れちゃうの？」

「チビたちと作り始めてから、毎年何回もなんですもん」

久実が微笑んでから、口角を下げる。

訊けば、甥や姪にせがまれ義姉の誕生日カードを真剣に作って以来、両親、兄夫婦とその子供たちの誕生日にカードを作っては家族全員で寄せ書きするのが恒例なのだそうだ。一ノ瀬と同棲するまで、久実はにぎやかな実家暮らしをしていた。

「ケーキ、花火、それから星空……とにかく、基本をおさえるといろいろ作れちゃって」

「初めて聞いたわ。長い付き合いなのに」

「人って、いつまでたっても意外なのかも」

実家を出た今、家族の誕生日カードはどうしているのだろう。そう思ったものの、草は訊かなかった。客へのプレゼントのつもりで、定価の高いものほど値引き率を上げて、値札をつける。

「こうなると、このガラスのぐい呑みがほしくなりますね」

「でしょ。でも、小蔵屋はお客さん優先」

「はーい、わかってます」

梅雨特別企画のダイレクトメール葉書を出し、『紫陽花色掘り出し市』のディスプレイが仕上がったその晩、三山フィルムコミッションの犬丸が顔を見せた。

閉店までに、あと十分ほどある。

カウンターで接客中の草は、自分に会いに来たものと思ったが、犬丸は長身を折って草へにこやかに頭を下げると、会計カウンターの久実と向かいあった。かつてつけた筋肉が変化して少々ぷっくりとしたらしき身体は、人並み以上に蒸し暑いのか、顔は上気し光っている。

客は二人ばかり。丘陵の麓のログハウスに暮らす白髪の常連と、このところ見かける中年女性――勤務先の緑色のブレザーの胸ポケットに名札を裏返してとめてある――が、少し離れてカウンター席についているだけ。久実と犬丸の控え気味の会話もよく聞こえる。

久実はすでに飲み会に誘われていたようで居酒屋名を挙げ、七時でしたよね、ちょっと遅れちゃうけど、と言った。スキー絡みか、共通の友人らしき名も複数出て、やつは子供が生まれたばっかりだから来ないかと思ったのに、そうそうまだ二か月くらいでしたっけ、などと会話が弾む。

「すみません、仕事のおじゃましちゃって。定時で上がれます？」

久実がうなずくと、じゃあ駐車場で待ってます、と犬丸は返し、引き続きよろしくお願いいたします、と草へまた丁寧に挨拶して出ていった。飲み会の折は時々そうするように、久実はここへ自分の車を置き、乗せてもらって居酒屋まで行くのだろう。

若い人同士、いつの間にか仲良くなったものらしい。友だちの友だちは、友だち。きっとそんなふうなのだ。

セミロングの髪を揺らして席を立った中年の女性客が、カウンターの上に携帯電話を忘れて出ていってしまった。あっと草が気づいた時には、白髪の常連が水出しコーヒーの残りを飲み干し、僕が、とそれを摑んで追いかけてくれた。間に合ったらしく、少し経ってから次々車が出ていった。

「ああ、よかった」

その時はまだ、なぜ久実が事前に飲み会のことを話さなかったのかと、考えてもみなかった。

先日発送したダイレクトメール葉書が、週末には客の笑いを誘うようになった。

草と目が合ってカウンターに寄ってきた大柄な女性客が、小蔵屋からの葉書を扇子のように振る。グレーのシャツブラウスの所どころに汗の染みを作っている。

「ずっと降らないのよねえ。コーヒー豆の増量、期待してたのに」

目が笑っているその客へ、相済みません、と草は困り顔で微笑み返す。

周囲からも笑いが漏れる。

テレビの気象予報士も似たような目に遭っていた。ダイレクトメール葉書投函の翌日から、雨はぴたりとやみ、週間天気予報もガラッと変わって太陽と雲のマークが続くようになっていた。

「でも、このガラスのぐい呑みはいただくわ。これで一杯やって、沢口監督の『たずね人の午後』でも観なきゃ」

客が意味ありげにくすくす笑うと、また周囲も静かに笑う。

小蔵屋で沢口監督が映画を撮る、との噂は、まるで決定であるかのように広まり、もう手に負えない。

そのため草は映画の件については触れず、毎度ありがとうございます、久実ちゃんお買い上げよ、と声を張った。厚い雲とぎらぎらの太陽がせめぎ合う土曜の十一時、出かけるにも近場を選ぶ人が多いのか、客が増えている。試飲用の水出しコーヒーが面白いように出る。この調子だと、午後には第二駐車場まで満車になるかもしれない。

草は久実に早めの昼休みをとらせてから、自身も十二時半に休憩に入った。

自宅へ戻って冷蔵庫を覗く。余分にここへ作っておいた水出しコーヒーも、これから役立ちそうだ。

こんにちは、と男の声がした。

上がり端の障子が開き、おれです、と誰かが居間の方へ上がってくる。姿を見ずとも一ノ瀬だとわかった草は冷蔵庫を閉め、一緒につけ汁うどんを食べるかと訊いた。

開け放ってある戸のところから、いただきます、と一ノ瀬が台所を覗く。紺のボタンの洒落た水色のボタンダウン、濃紺の細身のズボンという出立ちだ。山男が街暮らしになっても、日焼けした肌は色褪せず、筋肉が緩むこともない。

「仕事？　休み？」

「あー、半々です。朝は本社。このあと、また三時に梅園で電気工事の打ち合わせが」

給料をろくにもらってないぶん、融通がきく。

彼の仕事について、草はそう本人から何回か聞いている。久実からも。

多くの従業員を抱える家業――梅加工食品と食品包装機械の一ノ瀬食品工業は地元の有力企業だ――の苦況を、家族と折り合いが悪くても放ってはおけない。だから、土日が休みの本社勤務のはずが、こうなるのだった。もはや性分だ。

一ノ瀬はレジ袋を持っており、そこからビニール袋入りの固まりの焼豚を取り出した。

「これもいかがです。赤坂の龍清《りゅうせい》」

市内の赤坂町《あかさかちょう》にある老舗の中華料理店の名が出た。そこの小籠包も絶品だったのを思い出し、草は小さく喉を鳴らした。

「うれしい。でも、久実ちゃんはもう昼の休憩が終わっちゃって」

「聞きました。半分持って帰りますから」

一ノ瀬は、彼が入るといっそう狭くなる台所に立った。手近な鍋で先にうどん用の湯を沸かし始めてから、手際よく包丁とまな板を用意して焼豚を切り分け、持ち帰り分をさっとラップでくるむ。その間に換気扇をつけることも忘れない。草が食料の棚から乾麵のうどんを出し、冷蔵庫の野菜室から長葱などを出すうちに、床板が軋み、肘や足が何回か軽く当たって謝ったり謝られたりする。

つけ汁は具だくさんの熱々にしたいと草が言うと、一ノ瀬も腹をさすってから賛成した。

「ほら、暑い時ほど熱いもの、ってね」

亡母の声を聞きながら、同じことを言っている。そんな自分に、草は秘かに笑う。

栄養面を考えてしゃぶしゃぶ用の黒豚を入れたつけ汁でうどんでも食べようか、といった程度の気分から、一ノ瀬のおかげで俄然前向きな昼食に変わる。小どんぶりには油揚げとしめじと長葱の熱々のつけ汁、笊《ざる》には一口ずつ盛りつけたうどん、染付の長皿にはサニーレタスを添えた薄切りの焼豚をたっぷり。熱いほうじ茶を添える。

草は台所を背に座卓につき、一ノ瀬は角を挟み、上がり端の障子の前に胡座《あぐら》をかく。

「おいしいわ、この八角の風味」

「八角がとおーくにある、この感じがいいですよね」

遠く、ではなく、とおーく、とわざわざ言う彼の表現がぴったりで、草は小さく笑う。どちらかといえば、久実の言いそうなことだ。

草の正面に見える庭の緑が、急にまぶしくなった。雲間から降りそそいだ日射しが、縁側や居間に夏らしい陰影を作る。エアコンが唸る。

天気予報を聞きたいがためにつけたテレビが、やっとニュースに変わる。

トップニュースは関越自動車道の数台の玉突き事故、二つ目のニュースは天候に恵まれた関東各地の週末の表情と続く。事故による死者はなく、県北の山々を楽しむ登山客や岩畳の清流を舟で下る秩父地方長瀞《ながとろ》町の観光客の表情は明るい。ここで登場したレモン色のワンピースの気象予報士が、梅雨前線の動きが気になるもののあさって月曜午前まで天気はもつでしょう、と伝える。月曜の午後には降るらしい予報を聞き、つい草はほっとしてしまった。

次のニュース項目は、プロ野球や相撲といった各種スポーツ、それから欧米首脳の動向。国内の政治経済に関するニュースは、数秒ずつの駆け足に過ぎない。まるで国民に伝えたくないかのように、政権を揺るがす重要問題は抜け落ちる。

あれで死なずに済んだのか、山も行列ね、などと言い、食事を続ける。ラインナップが逆さまだ、普通のニュースはどこ行った、と軽い調子でつぶやく一ノ瀬に、草は同意して微笑む。

「だけど、それもこれも、私たちが望んだとおりの景色なのよ」

笑みを浮かべた一ノ瀬が、意志の強そうな形のいい眉を上げる。

「おれは望んでいません」

「まあ、私もだけど」

かつて日本は不況の中で、戦争の特需景気に沸き、軍部を支持、その末に先の大戦で国を焦土にし、必ず誰かの家族や友人だったはずの多くの命を犠牲にした。国民である以上、知らぬ存ぜぬは通らない。年数ミリの地盤沈下のような変化に、気づかないで、あるいは気づかないふりをし続けて沈黙を守るなら、望んだも同じだ。草は今でも苦くそう思う。

食べ終えると、すっかり暑くなった。

冷たい麦茶でも、と草が座卓に手をついて腰を上げようとすると、一ノ瀬が先にすっと立って台所へ向かった。

「朔太郎は今日も来てませんか」

「あれっきりよ。月曜に倉庫の片付けを終えるつもり。もともと久実ちゃんと二人でする気だったんだし」

慣れたもので、冷蔵庫を開ける音がする。一番右が麦茶よ、と草は声を張った。

「器は、ほうじ茶のでいいでしょう」

「そうね、二つとも空だし」

親切はありがたく、一方で、手びねりふうのグラスの輝きを思う。

「そういえば、フィルムコミッションの犬丸さんは面白い人らしいですね」

「ええ。人懐こいというのか。仲間がいれば、興味のなかったことでも楽しくなっちゃうんだって。スキーもするらしくて、久実ちゃんと共通の友だちがいるみたい。この間の飲み会も、犬丸さんがここまで迎えにきて——」

台所から戻った一ノ瀬が、束の間、上がり端の障子の前で立ち止まった。

彼の顔を見上げた草に、遅れてうなずき、自分の座布団について二つの湯呑みに麦茶を注ぐ。湯呑みに麦茶が波立つ。

飲み会に犬丸が一緒だったことを、一ノ瀬は知らなかったのだ。

草はそう気づいたし、一ノ瀬も気づかれたことをわかった様子だった。彼の横顔は真夏のような濃い陰影に沈み、口元に微笑を浮かべている。

にぎやかな司会のテレビ番組が、おかしな間を適当に埋めてくれる。

草は冷たい麦茶を口に運ぶ。

どうして久実が事前に飲み会について話さなかったのかと、初めて考えた。

あの晩、迎えに来た犬丸が店内まで入って来なかったなら、店前の駐車場でずっと待っていたなら、何も言う気はなかったのかもしれない。犬丸に個人的に会うには、草を、一ノ瀬を意識しないではいられない、そういうことだ。たとえ、複数人の飲み会であっても。

「市役所勤務でしたっけ」

「ええ」

「堅実」

その穏やかな声は、敗北宣言みたいに響いた。

「まあね」

草はせめて明るい口調で答える。

いい人に出会ったら結婚して、子供を持ち、双方の家族や友人たちと親しむ。そんな安定した未来を、久実はずっと望んでいた。そばにいれば、誰でもわかる。

一ノ瀬は、日射しに輝く庭の方を見ていた。

望遠鏡でも持ったみたいに左手の指を丸め、腕をすっと向こうへ伸ばす。

「人並みって難しいですね。遠くなるばかりですよ、おれには。大抵の人が望むものなのに」

「簡単には叶わないから、望み、なんじゃないの？」

草は冷たい湯吞みを持ったまま、隣室の方を顎でしゃくった。

視界には誰もいなくなり、襖を開け放ってある隣の和室には、仏壇、衣桁《いこう》、乱れ箱があるきり。これがいつもの風景。よく言えば、簡素。見方によっては、がらんとしたものだ。

もっとも、今となっては悪いとも思わない。


娘時代に、一体、どんな人生を望んでいたのだろう。

こうも歳を重ねると、それもおぼろげだ。

無謀な戦争によって何もかもを奪われるばかりだったから、我慢なんかするものかと固く拳を握った。死の隣にあって、先々のことなど憂いていられない。戦時下のひりつくようなその刷り込みは、戦後も消えなかった。自分なりに今日明日が輝く、それが大切で、人に合わせてなどいられない。貧しさに泣き笑いしながら、生きる証に絵を描き詩や小説を生み出す人たちを、愛さずにはいられなかった。彼らを物心ともに支え、率いた男についても。自身のちっぽけな世界は、果敢な彼らによって押し広げられ、信じられないくらい色鮮やかになった。もちろん、無傷でなんていられなかったけれど。

草は昼食時のことを思い返した末に人生を振り返りつつ、床《とこ》を整える。縁側に干してあった布団をステンレス製の低い室内用物干しから引きずり下ろしては、寝間着の乱れを直す。痛む身体と相談しながらの作業だ。それでも、湯上がりの身体はましになっていた。エアコンの除湿を弱くかけているのに、ほてった身体からなかなか汗が引かない。

「予想外に長生きで笑っちゃうわ」

それに、けっこう元気だし。私とは大違い。

ほんとだね。

草の声に答えたのは、胸のうちに現れた妹と息子だった。妹は十歳くらいのままで、三つで逝った良一のほうはいい歳のおじさんだ。まったく、あの世の人と話さない日はない。

静まりかえった部屋に、携帯電話が鳴り響いた。

覚えのない固定電話の番号に首を傾げた草は、もしもし、と出てみた。

「こんばんは。犬丸です」

「あら、こんばんは」

ふと、久実と一ノ瀬の顔が浮かぶ。

居間の明かりが落ちる隣室の畳の上から柱時計を見上げると、九時近かった。子供たちのはしゃぐ声がして、しっ、しっ、と犬丸が追い払う。ヨシおじちゃんはお仕事なの、こっちいらっしゃい、と母親らしき呼びかけも聞こえる。

「にぎやかですね」

「はあ。姉夫婦との二世帯住宅が入り乱れておりまして」

草の小さな笑いに、彼の声がかぶさる。

「夜分、恐れ入ります。あの、このお電話番号、沢口監督にお伝えしてよろしいですか」

何か急いでいる気配がする。

丁寧な断りに、どうぞ、と草は即答した。そういえば、監督とは名刺交換をしなかった。

「すぐ伝えますので、このままお待ちいただければ。お時間、大丈夫でしょうか」

「ええ。あの、どうかしたんですか」

「詳しいことは監督から。では」

犬丸が電話を切って間もなく、草は沢口からの電話をとった。

「お疲れのところ、申し訳ありません」

「もう寝床の上ですから、お気遣いなく」

草が気楽に笑うと、向こうからも笑いが返ってきた。どこにいるのか、歩いている息づかいだ。

クラクションが鳴る。

「例の人さがしの件ですが」

「無名の男」

「はい。実は、当時彼と一緒に泥酔した四人のうちの一人で、海外赴任中と言われていた人が久々にバーへ現れまして」

「商社マンの山口さん」

「え？　ええ、はい、そうです」

よくわかるなという反応に、手元にメモを用意したと草は答える。

「どうも、杉浦さんへもお渡しした記事が初めて役立ったらしく」

「それは、よかった」

前向きな興奮が感じられた。

「バーのマスターから連絡をもらって、今その山口さんと会ってきたところなんですが、彼の名はタカハシだと」

「タカハシ……」

はい、という返事を聞きながら、草は目を瞬《しばた》いた。

県内にタカハシは多い。

「それじゃ、鈴木、田村、田丸に加えて、タカハシかもしれないということでしょうか」

「違います。山口さんはタカハシだと断言した。かなり信用できます。山口さんは何につけ記憶が確かです。和田が中退した我々の映画専門学校がどこにあったか、それから当時の講師だった監督のフルネームまで正確に言った。それに、あの中じゃ、おれが一番酒に強かったとも」

タカハシ。

さて、どこかで聞いた。

草は隣室の布団の上から、柱時計を再び見上げる。振り子が揺れる。来なくなった朔太郎の顔が浮かび、さらに、もやっとした直近の記憶の中から、読書好きの常連の悔しげな顔が現れた。ああ、そうだ、彼女の言った映画を撮るほどの映画好き、日本酒バーのマスターがタカハシだった。常連の情報は、正しかったのかもしれない。

草が頭をめぐらして気をよくする間、正時の鐘が九つ長々と響いていた。

ほんと懐かしい音だなあ、と感じ入った声がした。少し酔ってもいるのだろう。

「タカハシさんなら、当てがないこともないんです」

「本当ですか」

「でも、まだはっきりとは。進展があったら、犬丸さんを通じてお知らせします」

草は沢口の期待を静めてから、一つ訊きたいことがあるんですが、と続けた。

「課題をやっていなかった和田さんに代わって提出した作品は二本あったそうですね」

「ええ。短すぎる作品だからと、一人だけ二本を。撮影グループを組まなかったのは、私もでしたが」

「もう一本のほうは、どんな作品だったんでしょう」

どんな、と口ごもるその態度から、あからさまな躊躇《ちゅうちょ》が感じとれた。

「芸術的で、素人には難解な作品なのかしら」

「映像を言葉で説明するのが、どうも……長くなりますけど」

「沢口さんさえよければ。ずっと気になっていて」

わかりました、嫌になったら止めてください、と沢口が語りだした。

「プールサイドの水着の女のシーンから始まります。海外リゾートの高級ホテルから、電話で誰かに近況を話している。昨日女友だちと買い物に行ったとか、今夜デートだけれど気がのらないとか、そんな話です。それから、草むらで玩具のトランシーバーに向かってしゃべっている男の子、運転しながら車の電話で話す中年の男、入院中で熱に浮かされたように不明瞭に口を動かす初老の男、その四人が繰り返し、複雑に現れる。構図も色も美しく、適度に粗い画像に郷愁を覚える映像です。鑑賞者はやがて、彼らがお互いを相手に話しているのだと気付きます。さらに、時空を超えて、四人家族が話しているのだとわかってくる。彼らは、子供の姿の父親、華やかな独身時代を謳歌する母親、仕事に追われる働き盛りの長男、老いて死に臨むその弟、次男だ」

あり得ない物語へ、彼がするりと誘う。

草は想像力の箍《たが》を外し、意識的に頭をやわらかくする。

あの世の家族と話すのが常だからか、不思議な物語をそれほど荒唐無稽に感じなかった。大丈夫ですか、と問われ、ええ、わかります、と先を促す。

「状況も変だが、会話もいかれてる。たとえば、母親のたわいないデートの話に、草むらの父親は今夜のそいつと結婚すりゃいいと言い放ち、長男は聞かなかったふりでカーラジオの音量を上げ、医療チューブだらけの次男は意識に流れ込んでくるカーラジオの懐かしい曲になぐさめられる。それか、運転中の長男が仕事のトラブルを嘆けば、プールサイドの母はカクテルをおかわりし、父親は昆虫を捕まえるのに必死で、弟はひどく眠くなってくる。そんな調子で、会話はろくにかみ合わない。怒り、しらけ、笑い、あきれ、飽きて、とうとう嫌になって会話を終えようにも、終える方法が不確かで、通信というのか、それを切ってもいつの間にかまたつながってしまう。登場人物の口元はほとんど映らず、映っても唇の動きに合わないアフレコが、ニュースの海外中継みたいな感じで、時空の歪みや会話のずれにマッチしている。しかも、何もかもがずれまくっているのに、彼らは家族なんです。本当に、見事に。作品の圧倒的な力だ。それも、特別誰かに演技を強いたわけじゃない。自作の脚本を三人の大人と一人の子供に読ませて、撮り溜めた日常の光景と合わせて編集しただけときた。まったく、信じられない……」

一体、何度その作品を観たのだろう。

沢口の口調は熱を帯び、ずぬけた才能に対する感情を隠せなくなった挙げ句、かすれた笑い声を漏らした。

「とすると、登場人物の一人は、実際に入院中だった誰か」

「でしょうね。祖父、あるいは父親か」

たとえ患者本人の許しがあったとしても、心情的に、撮影は難しいだろう。

穏やかで、不穏。もっと言えば過激。

以前、沢口監督は無名の男の作品について、そんなふうに言っていた。

草は昔を思って、胸の奥が疼《うず》いた。下のきょうだいを養うために筆を折った若き日のバクサンや、世に認められたくてもがいていた絵描きや詩人らの、当時の必死な喜怒哀楽がまざまざと浮かぶ。

カンカンカン、と踏み切りの音が電話越しに聞こえた。

「父親——まり、年端も——ない子供が——」

「ごめんなさい、お電話が聞こえにくくて」

すみません、と沢口が言い直す。踏み切りの警報音に負けまいと背筋を伸ばしたみたいに、彼の声は明瞭になった。

「父親、つまり年端もいかない子供が、多忙な長男に言うんです。なんだかわからず生まれてきたろ？　だから、なんだかわからず死んでゆくんだ。まあ落ち着け。なんてね。幼い声で。どうも子供の姿の父親は死んだこともあるようで」

「瀕死の次男も聞いているわけでしょう」

「最後まで、次男は死にそうなことを伝えない。知ってほしいとも思っていない」

草はどうしてか愉快な気分になり、鼻で笑ってしまった。

「それに、父親はこうも言う。わかるのは、今だけだ。楽しめ」

「わかるのは、今だけだ。楽しめ」

鸚鵡返しにした草の胸に、ぽっと灯がともる。

「長男は的外れな助言にあきれ、次男はなぜか気を楽にする」

生も死も、なんだかわからず越えてしまう。楽しめるのは、生きている今だけ。

「もしかしたら、父親は次男の状況を知っているのか？　こっちには、そう思えてもくる」

がやがやした家族の気配が思い出され、寝床に一人きりの草をふわりと包む。

「あれは、実にふざけた、でも、希望の物語です」

二人の間を、列車が轟音《ごうおん》を立てて走り抜けていった。

その夜、横になってしばらくしてから、瓦屋根を叩く雨音がしてきた。風も鳴いている。天気予報がまた外れたのだった。沢口監督の前向きな興奮が、もしかしたら日本酒バーのマスターかもしれないという草の期待を押し上げ、眠気を遠ざける。

目を閉じると、無名の男の作品が断片的に浮かんでは消えた。実際に観た作品と電話で聞いただけの作品が入り乱れる。子供の姿で草むらを歩く父親。風に揺れる白いレースカーテン。青い水の揺らめくプール。水たまりの青空。商店街。明るく、哀しみを歌うヒット曲。天気雨。その世界に自身の父、母、兄、妹、それから息子の魂も浮遊しているように思われてくる。

闇に目を開けても、天気雨は部屋の暗がりに虹色に輝いた。

天気雨を、狐雨《きつねあめ》、狐の嫁入りともいう。

ふと、そんなことを思い出す。微かに感じた眠気を頼りにまた目を閉じる。

綿帽子に白無垢の、花嫁姿が眼裏《まなうら》に浮かぶ。

陽光にきらめく雨の中、古風な嫁入りの行列が丘陵の緑の中をうねうねと上がってゆく。言い伝えどおりの狐たちのようでも、口元や尻尾を狐ふうに装った人々のようでもある。

眠りに落ちる前、まるで狐に化かされたような、そんな光景を草は見た。

同じ頃、一ノ瀬が山に向かっていたとも知らずに。

第四章

# 消えた場所まで

傘立てがわりの陶器の壺が、小蔵屋の軒下に出された。数日ぶりだ。

久実が重い壺を斜めにし、底の縁をごろごろと三和土に転がして出入口の方へと移動させる間にも、草は昨夜聞いた無名の男のもう一本の作品について話し続けていた。

「沢口さんは、コメディですね、とも言ってた。悲劇じゃない、という古典的な意味で」

「きっとアート系の作品なんでしょうね」

久実が軒下で、私には理解できないとばかりに肩をすくめ、空を見上げる。

風がひゅうっと鳴る。久実は顔にかかった短めの髪をかき上げる。

「やんでます」

「またすぐ降るわ。よかったわよ。これでダイレクトメールの葉書も役立つってもんだわ」

稼ぎ時の日曜だから本当は晴れてほしかったのだが、草は強気に声を張る。

天気予報は大幅に外れ、雨は昨夜から風をともなって断続的に降っていた。

草はカウンター内の拭き掃除をしつつ、置き型カレンダーを手に取る。

中元の受注は年々下降傾向とはいえ、それでも今週は忙しい。週末には中元の発送を開始。逆算すると、週の半ばは残業もいとわずその準備、さらに明日月曜中に倉庫の片付けを終える必要があった。中元用に届く商品もまだあるし、発送前の荷物を置く場所も要る。

休む時にはしっかり休み、メリハリをつけて過ごしたせいか、身体の痛みがだいぶ楽になったのがありがたい。とはいえ、無理は禁物だ。

「久実ちゃん、申し訳ないけど、残りの倉庫の片付け明日中によろしくね」

まかせてください、と久実が箒《ほうき》と塵取りをもったまま、ガッツポーズする。

「悪いのは、無責任な朔太郎なんですから」

「ああ、そうそう。公介さんからいただいた龍清の焼豚、残りを小松菜と軽く炒めただけで絶品だったわ。ごちそうさまでしたって伝えてね」

「ええ、山から帰ったら」

椅円のテーブルの脇にいる久実を、草は見つめた。

山。

その一言が、頭の芯に届くまで少しかかった。置き型カレンダーを元へ戻す。

「公介さん、山へ行ったの？」

「はい。昨夜、九時前に出て」

嘘でしょう、と口から出かかって、あわてて呑み込む。草とは違い、久実は彼が走りにでも出かけたみたいな口振りだった。

だって、と草は口の中で言う。

――街に残る？　それとも……。

――山へはもう。

山の家での、あのやりとりを忘れはしない。久実にとっては、彼から直接聞くほうがいい。だから、伝えずに黙っていようと思っていた。

「夜に山って、どういうこと？」

「救助の手伝いに」

一ノ瀬はどこにも属さず単独で登山するタイプだが、それでも求められると山岳救助に加わっていたらしかった。よほどの技量なのだろう。警察官になって山岳警備隊にと、先般亡くなった恩師から勧められていたと言っていたくらいだ。

久実がすたすたと和食器売り場の方へ行き、掃きながら続ける。

「山では、昨日の夕方から急に天候が悪くなって、下山できない登山客が続出しているらしくて。それも、北から西、谷川岳から妙義山にかけて広範囲なんだそうです」

道に迷う、怪我や体調悪化、視界不良で往生。それもあちこちで。素人でも窮状の想像はつく。警察や消防だけでは間に合わないのだ。

そこまで聞いて初めて、草は今朝そうしたニュースがあったのを思い出した。関東北部の山で天候急変、下山できず。確か、テレビのニュース項目にそんな文字が並んでいた。

「で、夜に山へ入ったの？」

「まさか夜間に捜索はしないと思いますけど」

いったん、久実が腰を伸ばし、コーヒー豆のケースの棚の向こうから顔を覗かせる。

「状況を把握するために、とにかく現地へ。谷川岳の捜索チームと合流するって。昨夜何回も電話があって、会社もあるし考えさせてほしいって最初は言ってましたけど、結局人命かかってますから、と最後に付け足し、久実の姿は棚の向こうに見えなくなった。

静かに三和土を掃く音が続く。

久実は驚いても、怒ってもいないようだった。三十キロの荷物を背負って走り込む彼の日常を見てきたのだから、それはそうかもしれない。当然、いつか山へ行くと思っていたのだろうし、とすれば、それが昨夜だったというだけに過ぎない。むしろ、予期していたことが現実になり、かえって落ち着いてしまったのだろうか。

大体、山へはもう、と聞いたのは草だけだった。

「人命……」

草はつぶやく。山で事故死した、一ノ瀬の亡弟を思う。当時十代だった弟にとって、その日は年上の恋人との心安い山歩きであり、仲のよいすぐ上の兄の登山に途中までついてゆく楽しい一日になるはずだった。だが、小さな不運が重なり、最悪の結果となった。今回、一ノ瀬はもちろん、久実も当然考えただろうことだ。

そもそもが、と草は考え直す。

山へはもう、という答えは、生活の拠点を山へ戻すつもりはないという意味だったのかもしれなかった。街で暮らし仕事もするが、たまには山に登るし、今回のような成り行きもあり得ると。

彼が身体を鍛え続けていることを思えば、そう理解すべきだったのだと、草は自分の早合点を反省する。嘘などと、彼を責めるのはお門違いだ。

口元を覆う。またすぐ降るわ、よかったわよ、そんな先程の強気な言葉を後悔した。

梅雨入りからこっち、たっぷり水を含んでしまった山が恐ろしい。

せめてものつもりで、久実に向かって声を張る。

「やっぱり、晴れるといいわね」

ええ、と明るい返事が聞こえた。

しかし、雨がやんだのも束の間、また開店直前に降り始めた。少ないものの大粒で、ふいに風に煽られ、小蔵屋の正面に並ぶガラス戸をぼたぼたと濡らす。

不安定な天候にしては、まずまずの客足だ。店前の駐車場は店舗に近いところから埋まり、その辺りがいっぱいになると、入口付近で先に家族や連れを下ろす車が多くなった。出かけてきた以上、楽しもうというところなのだろうか。二十ほどの試飲用の席がほぼ埋まり、コーヒー豆を挽くグラインダーの音が繰り返し響く。

山に関係があるのかないのか、ヘリコプターの飛ぶ音も聞こえる。

十一時を過ぎると、雨は本降りになった。

少し前に壁際のカウンター席についた眼鏡の客が、厳《いか》つい肩ごしに外を見る。口まわりに短い髭をたくわえた顔が、恨めしそうに唇を歪めた。首まで覆う長袖Tシャツ、ポケットの多いズボンとメッシュ素材のベスト。全体にグレーがかった、いかにも外仕事という恰好だ。青いトラックのような車幅のある車――久実が、おっ渋い、古いダッジだとかなんとか言っていた――を出入口近くのちょうど空いた駐車枠、角で広く使えるところに停め、店内へ入る前にズボンの裾の青草のくずを払っていた。

その客の携帯電話が鳴った。電話に小声で出た客は、雨の吹き込む軒下、裏手へ続く千本格子へと目を泳がせ、どこで電話したものかと迷う素振りで腰を浮かし、

「どうも……あの、支払いは？　……そんな、はい……そうですか。失礼します」

と、その間に電話を終え、唇を引き結び、また席に収まる。日銭仕事が雨でおじゃんにでもなったのだろうか。

なんとなく目が合い、よく降りますね、と草は控えめに声をかけた。

客は困ったような笑みを浮かべてうなずき、ずれた眼鏡を指で押し上げる。

最初、この客は小蔵屋を喫茶店だと思っていたらしく、コーヒーの試飲を勧める草に戸惑い、すぐさま他の客に倣《なら》って小蔵屋オリジナルブレンドの豆を購入したのだった。雨天増量サービス中です、と告げた久実に対する微笑みも、なんだかぎこちなかった。

踏んだり蹴ったりかもしれないこの客の一日に、雨天増量サービスは多少でも足しになるのだろうか。

カウンター席の客が次々入れ替わる。来たばかりの客の髪や肩は少々濡れている。

「やんだと思って買い物に出たら、帰りにこの降り。ねえ、あたたかいのをお願いできる？」

「あっ、こっちも」

「私もいいですか」

草は常連客と二人連れの求めに笑顔で応じ、コーヒーを淹れ始める。ペーパーフィルターをドリッパーにセットし、計量スプーンを使ってコーヒーの粉を人数分。平らに入れたコーヒーの粉に、湯を少しかけて蒸らす。頃合いを見定めて、また湯を注ぐ。コーヒーの香りに包まれながら、肩の力を抜いて、確実に。深い山のにおい、濡れた斜面を登る山靴の一歩一歩、固く結ばれるザイル。草は束の間、別のものを思う。

あー、いいにおい。カウンターのどこからか、うれしそうな声が上がる。

山にいる一ノ瀬にも小さな幸運が微笑むよう、草は祈る。

正午を過ぎると、食事時ということもあり、客は一人もいなくなった。

谷川岳に行っちゃったのかよ、この雨ん中、と運送屋の寺田が声をひっくり返した。制服の帽子をとって膝で叩き、三和土に水気を飛ばす。

久実が微笑み、穏やかに話を続ける。

「別に一ノ倉沢の単独登攀《とうはん》とかいうわけじゃなく、救助の応援で」

「ニュースで言ってたでしょう。手が足りないみたい」

草がカウンター内から付け加える。

手弁当を提げた寺田は、ああ、大勢下山できないでいるっていうあれか、と納得した様子を見せたが、トラックを洗うかのごとき風雨に渋面を向けた。銀色の荷台を軒ぎりぎりまでつけ、撥水の制服だという作業着から雨水を滴らせて、やっと配達を済ませたところだ。山が思いやられるのだろう。

「一ノ瀬さんから連絡は？」

「終わったら連絡する、それまでは連絡がないのが無事の証拠だ、ですって」

休憩に入る久実は千本格子の方へ行き、目をぱちくりした寺田は草に向かって、

「山男の女房の覚悟？」

と、気の早い問いを投げかけてから、やはり千本格子の奥へ消えた。

一緒に事務所で昼食をとる二人のために、草はしばらくしてコーヒーを落とし始めた。

新たに下山の、と聞こえ、ラジオの音量を上げる。

地元ＦＭ局が、新たに七人が無事下山、残るは谷川岳付近の一パーティー二名、現地の天候は小雨がぱらつく程度の小康状態だと伝える。

「山のほうがましな天気なのね。よかった」

先に弁当を食べ終えた寺田が、二人分のコーヒーを取りに来た。さきほどのニュースと、一ノ瀬のいる谷川岳の天候を草から聞き、安堵のため息を漏らす。

「変われば変わるもんだね。久実ちゃん、腹が据わってるよ」

「私たちより山を知ってるのよ。スキーの選手だったんだもの」

「変わるっていえば、親父も。店を譲るなんて、いつから考えていたんだか」

初めて聞く話に、草はただ微笑んだ。

店を譲る？

心の中で鸚鵡返しにしても、何も返ってはこない。

「会えてうれしそうでしたよ」

先日、ポンヌファンの厨房内で食べさせてもらった時も、バクサンからは何も言われなかった。あまりに話についていけないため、表面的には何の変化もないように見えるのか、寺田がコーヒーを二つもって踵を返す。

「このタイミングだぜ、小蔵屋のお草は千里眼か、って恐れ入ってました」

寺田が小蔵屋を離れたあと、しばらくして、草は久実と入れ替わりに昼の休憩に入った。

さほど食欲も感じなかったが、時間に食べなければ午後がもたない。

テレビのニュースをつけ、丸盆にのせた食事を持って座卓につく。朝作って味の染みた肉豆腐、オクラの煮びたし、長芋と梅の浅漬け、ご飯、ほうじ茶。小鍋の肉豆腐を火にかけ、冷凍してあるご飯をレンジに入れて、どちらもあたためるだけ。さして手間はかからない。熱いほうじ茶を啜る頃には、風雨は弱まり、外も明るくなっていた。

とはいえ、めまぐるしい天候に変わりはない。

咀嚼《そしやく》する間に、テレビのリモコンでチャンネルを次々切り換える。番組はパネルを用意したスタジオに切り換わり、今回の多人数の遭難を専門家とともに解説する。

谷川岳ロープウェイの駐車場から中継していた局で止める。

予定していた土曜中に下山できなかった登山客は十三名。

梅雨前線を挟んで高気圧がせめぎあう不安定さから、昨夕、県北から西の山沿いを中心に雨雲が予想外に発達。一方、当初の天気予報を当てにした登山客は多く、結果、十一歳の子供を含む十三人が大荒れの山中で一夜を過ごす事態となった。

登山客といっても、ハイキング程度の家族連れ、残雪から高山植物の花々まで楽しめるこの時期の谷川岳周辺を縦走するグループ、絶壁に近い険しさの岩壁に挑むクライマーまで多種多様だ。本日午前九時頃には子連れの夫婦が妙義山から無事戻り、続いて、体調不良で動けない単独の登山者が弁天山からヘリコプターで救助され、さらに七人が捜索隊の助力を得て、あるいは自力で次々下山した。

残るは二人。谷川岳のそのパーティーも、無線等で連絡がとれたという。

一ノ瀬が駆り出された遭難騒ぎの全容を、草は今になって把握した。

今夜あたり帰ってくるだろう一ノ瀬が見えるようで、ほっと息をつく。

番組は、谷川岳の魅力と危険性へ話を移す。

新潟と群馬の県境、日本海側と太平洋側を隔てる中央脊梁《せきりよう》山脈の主峰、日本百名山、といった言葉で語られ始める。谷川岳は二千メートル未満でありながら、三千メートル級にも似た手つかずの自然、ロッククライミングの聖地と称される高低差の激しい岩場を併せ持ち、山の初心者から上級者までを惹きつけてやまない。

だが、他方で、魔の山とも呼ばれてきた。

一ノ倉沢、マチガ沢など国内屈指の岩場を中心とする犠牲者は八百名を超え世界最多。天候が激変しやすく山容が峻険《しゅんけん》なため、かつては山岳事故が頻発、捜索側までが命を落とす事態も発生した。よって、群馬県は一九六七年（昭和四十二年）に条例を制定、危険地区内への登山を届出制とし、遭難事故の減少に努めてきた。悪天候時や冬季の入山規制も行うが、今回は追いつかなかったという。

草自身、谷川温泉の透明な湯に浸かり、出合《であい》まで足を延ばして一ノ倉沢を見上げ、緑の谷を流れくるような残雪と岩々を目にしたことがあった。

県南に位置するここの市庁舎の展望フロアからも、北の果て、連なる山のさらにその奥に谷川岳を望める。積雪、豪雨、強風、落雷といった厳しい大自然に磨かれた青白き輝きは、肉豆腐の残りをつついていても目に浮かぶ。

「店を譲る、か」

口からこぼれ出た言葉がそれで、箸が止まった。

先をゆくバクサンの、パリッとした白いコックコートが遠ざかる。

置いていかれるような妙な気分になっていた。馬鹿な、と自身を笑う。バクサンはいつだって先を行っていた。物書きであった時も、それ以降も。冷徹な眼差しと、秘めた情熱と、確かな足どりで。

草は縁側の向こうの庭に目をやる。濡れた緑が突風に翻《ひるがえ》り、滴を散らす。

忙しいというのはいいことだ。余計なことを考える暇がない。

たまには風や雨の音に顔を上げてガラス戸の外を見ることになったものの、樋《とい》が間に合わないほどの大雨になることもなく、客の出入りが続いている。

早耳の何人かが、ヘリで救出された登山者が市庁舎近くの救命救急センターのある病院へ運び込まれたと話し、小蔵屋がロケ地になるという噂を信じた数人は草に向かって、撮影を見たいとか映画が今から楽しみだとか言った。

にぎやかに過ぎた日曜の閉店間際に、寺田から電話が入った。

カウンター内で固定電話に出た草は一瞬、白いコックコートを見た思いがしたが、話は違った。

「わかりましたよ。日本酒バー、キュウ。幾久しくの、久《きゅう》」

ああ、と応じた草は、会計カウンターでレジを打つ久実を見やる。

無名の男の件だった。

そういえば沢口からのタカハシだとする新たな情報をもとに、読書好きの常連客から聞いた、タカハシという映画を撮るほどの映画好きが営む店を調べていたのだった。確か、駅の近くにある気の利いた日本酒バーで、店名は漢字一文字、そんな話だった。昼休みを終えた二人に訊いた時はわからず、寺田がわかったら連絡すると言ってくれていた。

「助かったわ。久ね。場所は?」

「小蔵屋からだと、ミニシアターへ行くまでにありますよ。バス通り沿い」

草はメモをとり、礼を述べた。久という店の記憶はないが、いかにもの場所だった。

「一ノ瀬さん、帰ってきました?」

「まだみたいだけど、今夜あたりじゃない?」

「そっか。それじゃ」

明るい気持ちになり、受話器を置く。

最後の客が帰った。寺田の電話について話すついでに一ノ瀬のことをたずねてみたが、公介から連絡はないですよ、と久実が肩をすくめた。

「なんだかんだ、久し振りの山を味わってるのかも。わかりませんけど」

マンションで一人待つ久実を思い、草は夕飯を食べていかないかと誘ってみた。

「ありがとうございます。でも、今夜は友だちのところで飲み会なんです」

「そう、飲み会なの」

内心ほっとした。こんな時は友だちとにぎやかに過ごすのが一番かもしれなかった。

翌日の月曜、その久実が友人宅から出勤した。

「マンションに帰るの面倒になっちゃって」

青い傘を閉じ、軒下にいた草とともに店内へ入る。今日は見慣れない、グレーのラメ入りの半袖ニットとゆったりした白いパンツを着ていた。この蒸し暑さの中、涼しげだ。

「あら、エレガント」

「借りたんです。彼女、おしゃれで」

草は軒下で拾った小枝や葉っぱを手に、しとしと雨を目で示す。

「汚れない?」

「どっちも手洗い可。パンツは防汚加工なんですって」

「近頃は、よくできてるのねえ」

久実が白いパンツの横をつまんで自分の恰好を眺めると、半袖ニットの広めに開いた丸襟から、銀色のネックレスがたれた。二つの輪を組ませた、おそらく指輪にもなる飾りの。彼と揃いで身につけているものだ。

宙でゆらゆら、飾りが揺れ、光る。

草が長過ぎると感じるくらい、久実は同じ姿勢でじっとしていた。揺れるその重みを感じとろうとするかのようだった。

彼はまだ帰らないのだろう。おそらく連絡もない。あれば、真っ先に言うはずだ。

今朝のニュースでは、残りの二人パーティーも下山中だと短く伝えていた。テントや食料といった装備は充分だったらしい。新聞にもそれ以上の情報は載っていない。

黒岩。ここまで久実に会いに来た髪の長い女性の名を、草は覚えていた。一ノ瀬の恩師の姪で、彼が以前春から秋まで働いていた温泉旅館の娘でもあり、山岳会に所属する。今回も一緒に捜索活動をしたのだろうか。

「だけどさ、久実ちゃん、倉庫」

顔を上げた久実が、だぁっ、とおかしな声を上げ、頭に両手をのせた。

「すっかり忘れてました。倉庫の片付け」

「作務衣《さむえ》でも出そうか。借りたニットをどこかに引っかけてもなんだし」

「いえ、昨日のカットソー、汗くさいけど作業ならいける——」

ガラス戸の開く音が、声を遮った。草は目を瞬いた。

朔太郎が入ってきたのだ。

フード付きの黄色いレインウェアのファスナーを開けると、彼の肘から水が滴った。

「おはようございます。倉庫、仕上げようと思って」

よく来たわね、と草は感心し、よく来れたわね、と久実はあきれ返った。

「どうせ、われものが足りなくなったからでしょ？　ご都合主義、自分勝手」

まーたカリカリしちゃってさ、と朔太郎も負けてはいない。漆喰壁の方を見て鼻を掻く。

「一ノ瀬さんに言われたんだ。倉庫を最後まで片付けろ、大人なんだろ、って」

いつ、どこで、と訊く草と久実に、えーと土曜かな、夕方山の家に来た、と返す。

「それと、お草さんは朔太郎が思っているような人間じゃない、って」

飾り気のない、落ち着いたあの声が聞こえるようだった。

沢口監督に頼まれて人を捜してるんだって聞きました、ごめんなさい、と朔太郎が付け加え、ぺこっと頭を下げる。

一ノ瀬が三人を包み込んでいた。

久実が何か言い返そうと口をぱくぱくする。紅潮し、目が潤んできた。泣き出しそうに見えた。

遠い山と、ここにいない一ノ瀬がそうさせるのだ。久実ちゃん、と草は呼んだものの、うまく声にならなかった。

「あっ、あ、あんたね、なんで、公介の言うことは聞くのよ」

「わかるだろ。そういう人だから。言葉は誰が言っても同じ、ってわけじゃないんだぜ。それに龍清の焼豚にはかなわない」

久実が目を見開き、ぶるぶるさせた人差し指で朔太郎のすまし顔を指差した。

「お草さんと分けた残り、人にあげちゃったって、それ、朔太郎あんただったの！　信じられない！」

龍清の焼豚が久実の口に届かなかったと知り、草は目をぱちくりした。

肩をいからせた久実が千本格子を抜けて裏へ行く。朔太郎が追う。焼豚で怒るのかよ、食いしん坊、そっちのほうが信じられない。食いものの恨みは恐ろしいのよ、仕事ぜーんぶ残してあるから。ゲッ。文句の言い合いが、少しずつじゃれあうような調子になり、よくは聞こえなかったが、やがて作業の相談に変わっていった。


天候はおとなしくなった。

それでも、朔太郎が倉庫を片付ける間中、やんではまた降るの繰り返しだ。

カウンター内の小窓を開けると、今も白い空から霧雨が降っていた。四時になるところで、客は途切れている。

草は背もたれまで長座布団を敷いた愛用の椅子に身を沈め、総絞りの膝の上で地元情報誌を開いていた。老眼鏡越しに見るカラーページの、格子に割られた飲食店紹介コーナーの中に、例の日本酒バーがあった。月曜も営業している。

「ねえ、このハッピーアワーってなんだったかしら」

その時間帯は酒が安いのだと、Tシャツの胸を汗で濡らした朔太郎と、着替える必要のなかった久実が教えてくれる。明日からは中元の準備で忙しくなる。草が今のうちに行ってこようと思うと話すと、朔太郎が送迎するからパジェロを貸せと久実に言った。久実から聞いたらしく、無名の男捜しだと知っていた。

「ついでに、ホームセンターからベニヤ板を運べる」

「そんなことだと思った。ペーパードライバーじゃないの？」

「失礼な。今、中古の購入を検討中。庭の草刈りの人から。ピックアップトラック」

久実がはっとしたように手を打って草を見たが、草には何のことだかわからなかった。

「青のダッジの？」

「あれ？　知ってるの、田丸さんを」

「渋い車が印象的だっただけ。昨日、ここで試飲してたのよ」

久実が事務所に置いてあった車の鍵をとってきて投げると、きれいな放物線を描いたそれを朔太郎は片手でキャッチした。まったく、仲がいいのか悪いのかわからない。

「自動車保険、二十六歳以上とかの年齢制限つけてないよね」

「つけてない。ぶつけないでよ。お草さん乗せるんだし。いい？」

「はいはい」

草はいかにも外仕事という恰好をした、眼鏡と短い髭の客をやっと思い出し、その後、十分と経たないうちに日本酒バー久の戸を開けていた。

酒樽——どちらかといえば洋酒の——を連想させる木と黒い金属の戸だ。

屋根付きの歩道から見た店幅は狭く、コンクリートの外壁に黒い鉄製文字の店名がアンカーボルトで浮かせて固定してあるきり。わかる人だけおいで、といった雰囲気で普通なら目に入らず通りすぎてしまいそうだ。ずっと先の歩道脇に、ミニシアターの洒落た看板がそびえていた。

重く滑りのよい戸を開けると、いらっしゃいませ、と適度な声量に迎えられた。中は地元情報誌にあったとおり「穴蔵」のようで「隠れ家的な雰囲気」が悪くない。

入口付近は狭く、左手に十席ほどのカウンター、広くなっている奥には四、五人用のテーブルがいくつかあった。コンクリート打ちっぱなしの壁。赤味を帯びた木製の床、カウンター、テーブル。窓はなく、橙色のやわらかな明かりが照らしている。

雨天かつ平日の四時台では客もいないだろうと思ったが、テーブルには学生らしきグループが、L字型カウンターの広い方の中央には草と同年配の男女がいた。

着物姿の老婆が人目を引くのを感じつつ、他の客から離れ、カウンターを回り込んだ壁際の席についた。よじ登るような高さのスツールへようよう落ち着き、店をひと眺めする。

右の壁のテーブル席側に、聞いていたような映画関係の展示があった。

壁面にはレコードを飾るような極細の棚が階段式に三本取り付けてあり、その真ん中の一本に映画のＤＶＤやパンフレットなどが並べてある。

現在、《今月の一本》は『プリティ・ウーマン』だった。

米国の人気俳優二人が演じる、だいぶ前の大ヒット恋愛映画だと、草も知っている。モデル並みの容姿の男女が背中合わせで立つ白っぽいジャケットのDVDの左側には、A3サイズくらいの黒い板が並ぶ。大きな弧とはっきりした撥《は》ねが特徴的な白いなめらかな文字、句読点ごとに改行した中央揃えの横書きで、こう書かれている。

《ぼくは誰がなんと言っても、『プリティ・ウーマン』が大好きだ。女性は尊厳をもって働き、愛し愛され、のびやかに生き、向上していけるのだと、観るたびに教えられる。ヒロインは売春婦さ。》

その横書きの文字は、引きで眺めると、女性の胸から腰の線を思わせる。実に巧みだ。

テレビ放映時に何かしながら見た覚えがある草は、生真面目なところのある愛らしいヒロインと高級ホテルの気の利いた支配人のやりとりを、ぼんやりだが微笑ましく思い出した。いつかまた機会があれば、最初からちゃんと観てみたい。この口上書には、そう思わせるだけの、人間への愛が感じられた。

カウンター内では、女の店員が、一人で軽いつまみや飲みものを用意している。

草は盆の窪の小さなお団子からべっ甲の櫛を抜き、さっと白髪をなでた。日本酒が並ぶガラス扉の冷蔵庫の片隅に、見覚えのある緑色の瓶のジンジャーエールがあった。まだ仕事があるので、それを注文する。

「いいお酒もたくさんありますから、ぜひ」

背が高くしっかりした体格のその店員が、二重の大きな目を細めて微笑んだ。臙脂《えんじ》色のシャツブラウスの豊かな胸元近くで瓶の栓を軽々と抜くと、草の前に置いたピルスナーグラスに注いでくれる。流れるような、しかし、さっぱりとした動きだ。シャンパン色の液体から、細かな泡が上がり、勢いよく弾ける。

「まだ仕事中で」

店員が目を少し見開き、疑問符付きの笑みに変わった。

「あ、木曜定休でしたっけ」

小蔵屋の店主だとわかっているらしい。店員の視線が遠慮なしに着物へと移る。

「総絞りですよね、その着物」

「あの世までは持っていけないから、じゃんじゃん着るの」

なるほど、と可笑しそうに店員が小声で笑う。

表情豊かでざっくばらんな店員を前に、草はジンジャーエールを一口飲んだ。甘さは最低限、辛く、炭酸が刺激的だ。何十年も前にバクサンに勧められて知ったのだった。一杯飲んだ気になれる、とバクサンの声がする。浮かんできた白いコックコートの背中を脇へ押しやる。

「実は、おたずねしたいことがあって」

草はそう言ってから、壁伝いに視線を投げ、映画のコーナーを見やった。

「タカハシさんという、こちらの店主の方は」

ああ、はい、と店員が続きを促すように言う。

「いらっしゃる？　その男性」

あー、と店員は今度、高い声を出し、そこに答えがあるかのように上へ視線を飛ばした。

「農業に転職を。奥さんの実家の農家を継いで」

「あら……お店をまるごと手放して？」

バクサンまでが脳裏をよぎった草に向かって、店員がにこやかに説明を足した。

「そうですけど、車で二十分くらいのところだから、野菜を持ってきてくれてますよ」

「それなら、よかった」

ほっとした草は、気を取り直して手提げを探り、沢口監督が例の男について語った記事のコピーを渡した。この店用にあらためて複写してきたものだ。

「実は頼まれて、この人を捜していて」

ああ、はい、と言った店員が記事を流し読みして、以前この記事を目にしたことがあると付け加えた。紙から離れた視線が、草へ興味深げに注がれる。

「小蔵屋さんで沢口監督が撮るかもしれないと、聞きましたけど」

「ええ。あくまで撮るかもしれない、の段階。正確ね」

「そうすると、沢口監督から直接この件を頼まれたんですか」

草のうなずきに、すごい、うらやましい、と店員が返す。それが控えめな声だったがために、かえって草の心に響いた。

「あら、沢口監督のファン？」

「はい。飲みにいらしてくれないかと期待しているんですけどね。そこのミニシアターで沢口監督のトークイベントがあった時も、待っていたくらい」

言葉の端々や伏し目がちの表情に、監督への尊敬の気持ちが表れていた。目と鼻の先に来た日もあったのに、自分から押しかけることはしなかったらしい。

「機会があったら、宣伝しておくわ」

店員が草の言葉に顔を上げ、はにかんだように微笑む。

「サービスいたします。もちろん、そのジンジャーエールも」

勘定は払うつもりだが、草は笑みを返す。タカハシさんが本題に入った。

「でね、この無名の男なんだけれど、タカハシさんというらしいの」

店員は二重の大きな目を、何かに打たれたかのようにさらに大きくしたが、カウンターの高齢の男女に呼ばれ、日置桜《ひおきざくら》の燗と、さっと炙《あぶ》ったたたみいわし、笊《ざる》豆腐を出してから戻ってきた。

ほらこの間の、持てないほど熱くしてもらった、あれ。鳥取の日置桜のとびきり燗でしょう。そうだ、それそれ、頼むよ。そんな会話が草の耳に残った。

草はジンジャーエールを半分ほど飲み、はやる気持ちを落ち着けた。店員を前に、あらためて右後ろの壁面の映画コーナーを見やる。

「こちらのマスターだったタカハシさんが、映画を撮るほどの映画好きだと聞いたものだから、もしやと思って」

店員はうなずき、そうして次に、小首を傾げた。

「確かに、タカハシはここのオーナーで、映画を撮るほどの映画好きなんですけど」

けど、と草は口の中で繰り返した。

「そのタカハシは、私です」

草は身体を引き、ただ店員を見つめた。

長い睫毛《まつげ》のかかる茶色がかった大きな瞳に、照明のあたたかな色が映っている。

「兄が店をたたむことになって、それで映画も潮時かなと。兄の奥さんの父親が亡くなりましてね。継ぐ人のいない田畑とこの店を比べてみたら、どうしても代々の田畑が勝る。兄からそんなふうに言われて、この店と自分の映画を比べてみたら、決心がつきました。そこにいつかおまえの劇場公開映画を飾るんだって、兄も待っててくれたんですけどね」

彼女の声は湿っぽさがなく、明るかった。

草はしばらく言葉が出ないまま、話を聞いていた。

「まあ普通、映画監督といったら男だと思いますよね。これでも、ショートムービーで映画監督の登竜門といわれる賞をとったんですよ。しっかし、厳しい世界で」

さらっと語る彼女に対し、人伝《ひとづて》の話が違っていた残念な気分も含めて首を横に振る。

「けど、飲み屋を引き受けるなんてね。予想外でした。英文学専攻で撮影現場のバイトに明け暮れていた二十年前の私に教えてやったら、ひっくり返ると思います」

彼女は四十歳前後なのだろう。見た目よりずいぶん年上だ。

草は微笑んだものの、やはり何も言えなかった。当てが外れたこともさることながら、彼女の兄、彼女自身の紆余曲折を思って胸が揺さぶられていた。

人生にそうそうまっすぐな道などありはしない。誰もが予想外の事態に直面し、泣いたり笑ったりして、思いもかけなかった未来に立っている。

草自身、結婚して子を生み育て、夫の夢に向かってともに歩み、嫁ぎ先の米沢と実家のあるこの街を行ったり来たりする人生のはずだった。

バクサンだって、と草は思う。バクサンだって、頼みだった兄が存命で下のきょうだいを食べさせてくれていたなら、どれほどの小説を生み出したことだろう、と。

ジンジャーエールを飲み、言葉を探す。

「じゃ、あれも今はあなたが？」

草は視線で、右後ろの壁面の映画コーナーを示した。もちろん、と彼女がうなずく。

「あきらめた頃は観たくもなかったけど、立ち直らせてくれたのも映画でしたから」

すみませーん、お酒同じの、というテーブル客の声に、はーい、と彼女が声を張る。

黒釉《こくゆう》の小皿を持つと、開いた笹の葉の上で葛饅頭《くずまんじゅう》が涼しげに震える。

中の餡が透ける葛のまろやかな輝きと、笹のさわやかな香に、川瀬を思う。

草は日本酒バーの帰りにバス通りを渡り、思うところがあって昔タカハシマートの本店があった城東町辺りを歩いたあと、葛饅頭で知られた和菓子店へついでに寄ったのだった。

日本酒バーの店主は、草が去る直前に、春に開催された映画祭のパンフレットをくれてこう言った。

——映画を撮るほどの映画好きならここにも。高橋社長は高校時代、映画同好会だったたって言ってましたよ。

彼女の肉付きのよい指は、映画祭の協賛企業に名を連ねるタカハシマートを差していた。

約束の時間に日本酒バーの向かいの歩道へパジェロを停め、老婆のために車のドアを開けて静かな運転をこなした朔太郎には、人違いだったわ、と伝えるのみにとどめた。山の家には、タカハシマート専務取締役高橋辰太郎の表彰状があった。朔太郎があの高橋筋では、親族や家族の話になり、また藪蛇になりそうだったたからだ。

「ああ、おいしかった」

由紀乃の満足そうな一言に、草は我に返った。

丸眼鏡の奥の、うれしそうに細められた目に、笑みで応じる。

「大人はいいわね。夕食前に甘いものを食べても叱られないもの」

「ほんとね」

五時半を過ぎたが、ぐずついた天気なりに、まだ外は明るい。

バリアフリー住宅のモデルルームのような家は、エアコンが効いて常に快適だ。

向かいのソファの由紀乃は、和菓子切りを小皿に置き、さらに小皿を膝からローテーブルへと移した。どれも楽に動くほうの右半身中心の慎重な動きだ。今日の小花模様の部屋着を着るにも、胸の前で固く縮んでいる左腕を通すのに一苦労すると、草は知っている。

「あら、朔ちゃんは？」

「私をここへ落としてくれたのよ。今頃、小蔵屋で久実ちゃんとこれを食べてるわ」

由紀乃は何かに焦点を合わせるかのように宙をじっと見つめ、それから、うんうんと数回うなずく。

「私のことを、まっすぐ見ていたわ」

食べる前にしたような会話を繰り返す。由紀乃は、玄関先まで来た朔太郎を、彼女らしい言葉で表現した。朔太郎の眼差しがよほど好ましかったのだろう。

ティッシュを一枚とろうとした由紀乃の右手が引っかかって、ローテーブルに置かれた物の山が崩れそうになり、草は片手でぱっと止めた。

「ありがとう。さすが、草ちゃん。運動神経いいわ」

積まれた新聞や通販カタログ、ふくらんだ蓋の菓子缶などの上で、古いアルバムがまだ揺れている。黒い布装のアルバムを、草はさらに手で押しとどめた。あちこちがたがきていても、頼られると元気が出る。

二口で葛饅頭を食べ終え、不自由な左手も使って注ぎ足してもらった緑茶を啜る。

「ねえ、由紀乃さんは、タカハシマートの辰太郎さんを知ってたわよね？」

由紀乃の視線が、上の方へすっと滑る。彼と朔太郎を結びつけているのかどうか、表情からではわからない。

「ああ、タカハシマートの辰太郎さんね。知り合いというほどでもないけれど、布袋《ほてい》あたりでよくお見かけしたわ。言葉を交わすと、いつも保科《ほしな》さんとゴルフの話になって。ほら、商工会議所の保科さんを通じて何回かゴルフをしたから。でも本当は、辰太郎さんはゴルフより釣りのほうがお好きなのよ」

二度目の質問にも、由紀乃はほぼ同様に答えてくれた。

古いこの記憶は確かだった。

草はそれだけで、タカハシマート本店の裏手にあった小料理屋布袋の、門口に盛り塩をした白木の佇まいと、高橋辰太郎に挨拶する夫の脇で微笑む由紀乃を思い浮かべることができる。それから、何回かこの話を聞かされた当時の、数十年前の自分自身についても。ゴルフをしない由紀乃が自分と夫を区別しないで話すこの語り口も、今日久々に聞いた。

小料理屋の布袋は今もあった。日本酒バーの帰りに思い立って行ってみると、暖簾《のれん》をくぐる機会のなかったその店の白木の戸などは飴色に深みを増し、門口には変わらず染付の小皿で盛り塩がしてあった。昔はタカハシマート本店の裏口からだと斜め左手の布袋がすぐわかったものだったが、今は布袋がタカハシマート本店のかつての場所を教えていた。そこは、高さのあるオフィスビルとなって久しい。

いつの間にか、由紀乃は膝の上でアルバムを広げていた。

開かれた頁の白黒写真には、半世紀ほど前だろう銀座通り商店街があった。当時を愛おしむかのように由紀乃は覗き込み、背を丸くして身体を前後に揺らす。視線は、たまる食堂前で後ろに息子杜夫《もりお》を乗せた自転車に跨《また》がり、ポーズをとる亡夫の姿に落ちている。

「杜夫が言うのよ。僕の最初の記憶はこの商店街だって。親父がこぐ自転車の後ろに乗って風切ってさ、みんなが親父に挨拶して、親父がようっ、どうも、なんて言いながら手を上げる。それを覚えてるんだ、って」

これは草も知っていた。いつだったか、杜夫自身からも聞いた覚えがある。

その杜夫は現在、東京に本社のある企業に勤務し、妻子と九州で暮らしている。

由紀乃がさらに頁をめくると、そこには栞《しおり》みたいに古い映画のチケットやパンフレット、映画祭のチラシなどが挟んであり、小皿の脇へまとめて出された。

草が電話も含めて何回か話したから、もう由紀乃も沢口監督が小蔵屋で映画を撮るかもしれないとわかっていた。沢口監督から別のお願いをされた件は由紀乃の中でどうなったのか定かではなかったものの、思いがけない喜びが記憶力の助けになってはいるらしい。脳梗塞で倒れてから格段に物が増えたローテーブルに、こうして古いアルバムやあちこちから探し出した映画関係の印刷物が積まれたのも、そのためだった。清掃後ほぼ元通りに物が置かれるのは、家政婦やヘルパーが由紀乃の意志を尊重しながら生活を支援してくれている表れだ。

何十年も前の思い出を旅する親友に、そっと草は呼びかけた。

これも二度目の問いだ。

「ねえ、由紀乃さん、高橋辰太郎さんが亡くなった時、何か大変だったのよね」

由紀乃は顔を上げ、草の視線を捉えた。

「ええ……そうね、そうなの。なんでも、趣味で建てたもう一軒の家のほうから救急車で運ばれたらしくてね、何日かして亡くなって……その後も……」

由紀乃が、続きが書いてあるかのように草の瞳を見つめ続けてから、静かに首を横に振り、押し黙る。忘れてしまったのか。それとも、口にしたくないような話なのか。

この問いへの態度も、一度目とほぼ同じだ。

由紀乃の様子を見ていると、これ以上訊く気になれなかった。忘れてしまったのなら、恥をかかせてしまう。

そうして、草自身、その先を聞いたことがあるのかどうか不明だった。仕事に関するごたごたを耳にした気もする。そんなひどく不確かな記憶しかない。山の家で長年の功績を讃える表彰状を見たあと、身近に聞いた名前だとあとになって思い、幾日も過ぎるうちにいろいろが縒《よ》り合わさってここへと結びついたのだった。

ローテーブルに置かれた映画祭のパンフレットを草は手にとり、目を凝らした。

カラー二つ折りの黄ばんだそれは二十年以上も前のものだった。その協賛企業にも、タカハシマートが名を連ねている。

――映画を撮るほどの映画好きならここにも。高橋社長は高校時代、映画同好会だったたって言ってましたよ。

こうなると、日本酒バーを訪ねたことも無駄ではなかった。だが、現在の社長に近づけば、朔太郎の周辺を引っかき回しかねない、そんな予感がする。

テレビをつけてあったが、ほとんど忘れていた。音を消してある。

今はニュースの終わり際、関東地方の天気予報だ。レーダー上の雨雲は、県の北部を白く覆い尽くしている。あらためて青く示された雨の範囲は、南へ行くほど斑《まだら》。谷川岳の二人パーティーの続報は目にしなかった。見逃したのか、それとも、とうに無事下山してニュースとしては終わった話なのか。

草はリモコンでテレビを消し、そろそろ店に戻るわ、と腰を上げた。

由紀乃の丸顔を見て考える。

山の家にあった表彰状の話をしたことがあっただろうか。朔太郎がタカハシマートの高橋筋だと伝えたことはどうだったろう。

もし以前そんな話をしていたならその時点で、ああタカハシマートの辰太郎さん、じゃあ辰太郎さんは朔ちゃんのお祖父さんなのね、辰太郎さんとは昔、といった話になっていたはずとも考えた。が、それも由紀乃の現在の体調では必ずとは言えず、結局わからなかった。

「どうかした?」

「ううん、何でもない」

使った器を、草はさっと洗って片付ける。

いずれにしろ、由紀乃は今のところ、夫の知人だった高橋辰太郎が朔太郎の祖父であり、趣味で建てたもう一軒の家というのが朔太郎の暮らす山の家だとは、思っていないようだった。

街灯に、雨が数本光った。金銀の針だ。

普段は歩きの拍子とりに過ぎない蝙蝠傘を広げる。

細い雨は音も立てずに降り、白々した街灯、ドラッグストアの青い内照式看板、テールランプの赤を滲ませる道に吸い込まれる。天気のせいで、紅雲町は早くも暮れ始めていた。

息を深く吸い込むと、やや軋みかげんの身体の隅々にまで、新鮮な空気が行き渡った。ろくに乾く間もないアスファルト、街路樹、それに排気ガスのにおいだが悪くない。

草は努めて、頭を空っぽにする。

通りの歩道を折れ、小蔵屋の裏手の道を選ぶ。

行き交う車の音は遠ざかり、途端に家ばかりとなる。明かりの灯り始めた窓や庭先。唸る換気扇。炒めもののにおい。平凡な暮らしのそれらを、ただそれとして受け止める。

だが、チリリンという自転車のベルのような音を聞いて脇に退《の》き、前にも後ろにも誰もいないと知ったあと、これまで歩いてきた道をふと思った。ここで生まれ、走り回った頃からの、気の遠くなるほど長い長い道のりを思っていた。同時にそれは、子供時代、二十代の若い頃、店を一新した当時を集約した、ほんの数秒程度にも感じられる。時間は宇宙のようにとらえようがなく、手のひらにものっているかのようだ。

しばらく一人歩き、勤め帰りの顔見知りと挨拶を交わした。

「お草さん、こんばんは」

「こんばんは」

「よく降りますね」

「ほんとですね」

レジ袋を下げた背広姿が、がさごそと後ろへ遠ざかる。自分にも忙しい今日と長い道のりがあったように、あの人にも忙しい今日と長い道のりがあったのだと思うと、いつもよりずっと近しい。

自宅の軒先が見えてきたところで、あらためて頭を動かし始める。明日から中元の発送準備で忙しい。まずは自分の身体。次に仕事や頼まれ事。できることには限りがあるのだと、自分に言い聞かせる。

自宅の戸を開け、滴を払った蝙蝠傘を玄関に広げた。

三和土の通路の方から、ったく、いてーっつうの、とか何とか悪態が聞こえてきた。行ってみると、倉庫の戸枠に立つ朔太郎が左頬を押さえ、整った倉庫の中を眺めていた。草を認めて、完了、と直立不動の姿勢をとる。他には誰もいない。

「ありがとう。本当に助かったわ」

たいして明るくない電灯の下でも、左頬が赤く、指の跡までわかる。

久実に叩かれるような何をしたのだろうと草は考えつつ、千本格子の手前まで往復し、レジ打ち中の久実と数人の客をそっと見てきた。

一つ息をつき、朔太郎を見上げる。

「で?」

で、と鸚鵡返しにした朔太郎は、戸枠の上の方を見上げてから、下唇を突き出した。

「二股かよ、ひどいな。って、久実ちゃんに同情してやったのに、引っぱたかれた」

「公介さんが、誰と二股かけてるって」

「山の女の人」

「そう言ったの、久実ちゃんが」

というか、と朔太郎が腕組みをして首を傾げる。

「公介は谷川岳に捜索の手伝いに行って、まだ帰ってこない。連絡もない。久し振りの山だから楽しんでるのよ。山の仲間がいっぱいだからかな、女の人もいてさ、彼女は公介のことをべた誉めしてたんだよ。みたいな話の流れなら、二股話かと思うよね、普通」

ごもっとも、という言葉を呑み込み、草は顔の赤い手の跡を見やる。

いつの間にか久実は朔太郎に、久実ちゃんと呼ぶことを許し、一ノ瀬と付き合っていることや諸々を打ち明けていた。同棲していることも話したのだろう。

叩かれたのに悪いが、朔太郎がいてよかったと草は感じた。日の浅い付き合いだからこそ、いい話し相手になる場合もある。

「朔太郎、あんたはどうしてそう、思ったことをすぐ言っちゃうの」

汗ばんだくせ毛から覗く眉が、ぴょこんと上がる。

「本音が聞けるから。便利だよ、話の通じるやつが即わかるし」

いずれ傷だらけになるなら、最初から覚悟して飛び込むというわけか。そうはいっても、相手を選ぶのだろう。選ばれて悪い気はしない。このやや切れ長の一重の目が心地よい理由を、草は知った思いがした。

朔太郎の首のタオルに「ぞうきん」とマジックで書いてあった。

草が店の雑巾だと教えても、結構きれいだよ、と朔太郎は意に介さない。まるきり自分の感覚のほうが優先だ。

「これでも努力してるんだ。自分の育て直し。恐怖の館に生まれちゃったからさ。人には必ずさん付け、別居は出張、行方知れずは単身赴任、なーんて不気味な」

出ていった父親のほうがまともだった。

そんなふうに朔太郎が山の家で言っていたのを、草は覚えていた。家庭と学校の隔たりを生き抜いてきた、朔太郎の道のりを思わないわけにはいかない。

――私のことを、まっすぐ見ていたわ。

朔太郎を評した、さきほどの由紀乃の声もする。

「お草さん、腹へった」

「台所へ行ってごらん。一口羊羹《ようかん》やなんかがあるから」

「いただきまーす」

そういえば、お草さん、と草もいつの間にか呼ばせていたのだった。

閉店時間の七時を待たずに客は引けた。

草はとうとう言った。

「ねえ、久実ちゃん、公介さんに電話してみたら」

レジを締めていた久実がちろっとカウンター内の草を見て、しかし、首を横に振る。

「終わったら連絡する、それまでは連絡がないのが無事の証拠だ、って公介から言われてるんです」

連絡なんかこっちからするもんかという意固地そのものの顔だ。

「あのね、朔太郎に当たったってしょうがないでしょ」

はっとした久実を見据えて、草はさらに続ける。

「連絡してみなさい」

久実は頑固に口を引き結び、うつむいて、さらに強く首を横に振る。

裏手のほうから、千本格子がガラッと開いた。

見れば、スニーカーをつっかけた朔太郎が、ラップに包まれた黒豆ご飯のおにぎりを頬張っている。小分けの冷凍してあったものを見つけ、レンジであたため、ラップごと自分でにぎってこしらえたらしい。

「谷川岳の二名が未だ下山せず、だって。ローカルニュースでやってた」

まだ口の中にあったものを飲み下してから、続ける。

「無線が途絶えた上に、捜索隊一名も戻ってない。平気？」

草はすうっと寒気に襲われ、久実と顔を見合わせた。

「あのさ、一ノ瀬さんじゃないの？」

嫌な予感を、朔太郎が決定づける。

久実が顔色を失っていた。ぱたぱたと腰まわりを手で探り、胸当て付きのエプロンのポケットから携帯電話を取り出してかけ始める。耳に携帯電話を当てて待ったが出ないらしく、またかける。

「つながらない……」

いつから一ノ瀬が谷川岳へ行っているのか、草は記憶をたどる。

龍清の焼豚をもらって一緒に昼を食べた時は、庭の緑がまぶしく、客が多かった。あれは土曜。あの晩、彼は山へ。今日は月曜だから、つい一昨日のことだ。

が、もう何日も山へ行ったきりのような気がしてしまう。その妙な感じを振り払うために、久実に確認する。

「公介さんが谷川岳へ向かったのは」

「土曜の夜です」

「そうよね。だから山へ入ったのは、おそらく昨日」

今日で二日だ。

「その昨日、テレビで残りの二人パーティーも無線等で連絡がとれたって、お草さんが」

「そう、そうだった。おかしいわね……」

草は久実を見やった。

実際に見ていたのは、以前そこで久実に対峙していた長い髪の女性だった。

努めて冷静にたずねる。

「ねえ、久実ちゃん。公介さんが勤めていた谷川温泉の旅館、わかる？」

久実は何かの考えにとらわれているようで、言葉が届かなかった。

草はカウンター内から歩み寄り、久実の半袖のラメ入りニットから出ている腕に触れて質問を繰り返した。やっと久実と目が合う。

「旅館谷川富士……」

朔太郎に電話帳でさっと調べさせた番号に、草は携帯電話からかけた。

丁寧な口調の従業員に宿泊関係ではないと伝え、何市の小蔵屋という店を営む杉浦草だと名のり、そちらのお嬢さんの黒岩さんはいらっしゃいますか、とたずねた。一ノ瀬公介と親しい者だと付け加えた途端、話の通りが格段によくなり、通話口を塞いだらしい数秒後にのちほどかけ直すと言われ、携帯電話の番号を伝える。だが、相手の口調が引き締まったことが、草の不安を濃くした。携帯電話を見つめているうちの折り返しだったのに、待つ一分までを半時間に変えてしまう。

「黒岩です。お電話を頂戴したそうで」

草はあらためて名のり、突然すみません、一ノ瀬公介さんと連絡がとれずそれでお電話した次第でして、とひとおりの挨拶をする。

黒岩は、一ノ瀬さんから小蔵屋さんのことはかねがね、と親しげに応じた。だが、声には緊張がまとわりついている。

「今回、黒岩さんも捜索へ？」

「はい。土日に。今も情報は入ります。ここに山岳会が何人か詰めていますので」

草は単刀直入に訊いた。

「谷川岳から戻っていない捜索隊一名というのは、一ノ瀬さんでしょうか」

そう聞いています、と返事があった。

たずねる前からわかっていたと感じながら、草は久実と朔太郎に向かって一つうなずく。久実は、なぜそこへ電話するのか、どうして彼女の存在を知っているのか、そんな疑問だらけなのだろう。きつく眉根を寄せた彼女に、朔太郎が寄り添って背に手を置いた。久実が鬱陶しそうに、それを振り払う。

草は携帯電話に目を凝らし、どうにかこうにか目当てのボタンを押し、スピーカー状態に切り換えた。

「でも、昨日のテレビでは、無線が通じたと」

「おっしゃるとおりです。二名のパーティーは西黒尾根にいて、食料も装備も充分でした。マチガ沢遡行《そこう》から谷川岳、天神平の計画でしたが、濃い霧でルートを外れたようです。彼らを発見した一ノ瀬さんもそこに。ですが、齟齬《そご》が生じた可能性が。無線は途中から切れ切れになり、つながらなくなった。その段階では、話は充分通じたと判断されました。しかし、こうなってみると、こちらは自力で下山だと思い込んでしまったかもしれない」

説明は簡潔だった。人々の間で何度も繰り返された証拠だ。それが事態の重みを増していた。

「あちらは救助を要請したつもりかもしれない？」

「あるいは、その後、何か起きたか」

暗い沈黙が落ちる。

尾根。谷川岳を眺めたことしかない草には、聞いたルートすら頭に描けなかったが、右も左も転げ落ちたら最後のような急峻な稜線は想像がついた。樹木もなく、岩だらけの。悪天候の中、そこを必死にたどる山靴についても。

捜索は明日早朝からの予定で、ヘリコプターも飛ばすが、どちらも天候次第、どの程度の風雨かが問題だと話は続いていた。

「一ノ瀬さんの車はどこに」

何を訊いているのだろう、と草は自分に一瞬戸惑う。

だが、そこが自分たちのたどれる彼の痕跡の最後、間違ってはいないと思い直した。

「土合《どあい》駅です」

コンクリートの地下要塞のような光景が目に浮かぶ。三山かるたに詠まれてはいないが、県内では広く知られていた。上越線土合駅の下りホームは県をまたぐ大規模なトンネル内にあり、地上の三角屋根の駅舎へと続く階段は先がわからないほど長い。

パジェロは夜の関越自動車道を北へ向かっていた。

土合駅まで一時間強。

居ても立ってもいられない久実を思えば、余計なことを訊いてしまったものだとあとになって草は考えたが、もう遅かった。

朔太郎がハンドルを握り、久実は運転席側の後部座席で茫然と窓を見ている。星が散ったように濡れた車窓には、時折、雨が当たっては流れる。走行音とバナナのにおい。草は今し方、隣の久実へ一口羊羹とバナナを渡したのだったが、まだ脇に置かれたままだ。

小蔵屋では、久実がどうしても土合駅まで行くと言ってきかず、朔太郎は素人が行ったってどうしようもない、動揺してたら運転が危ない、と説得し、行くならおれが運転する、鍵をよこせよ、と終いには揉み合いになったのだが、草はその間にレジを締めて金庫に現金をしまい、適当に飲食物を用意して、戸締りをあらかた終えたのだった。勘弁してよ、お年寄りまで行かなくていいからさ、とあきれる朔太郎に、草は小声で言った。

——いざという時は、年寄りがいるからって、今夜はいったん引きあげるのよ。

何か新しい動きがあれば知らせると、黒岩は約束してくれていた。

久実に、草は顔を少し近づける。

「無理にでも食べて。公介さんのために食べるのよ」

久実が左手をふっと上げた。

だが、食べ物はとらず、次に右手も上げて、両手で短い髪を思い切りかき上げた。むき出しの額を髪で引っぱり上げたまま手を止める。

「公介、ノートを持ってるんです。何冊も、何冊も。登山の計画と記録の」

ルームミラーの中で、草は朔太郎と目が合った。

「登山記録の一覧もあって。最初が十五歳谷川岳、次が十六歳谷川岳平標山《たいらっぴょうやま》縦走。登攀の文字の最初は、十八歳一ノ倉沢烏帽子《えぼし》沢奥壁南稜。十七歳で撤退して再挑戦したんです。それから谷川連峰を中心に全国の山に登って、二十四歳メラピーク、二十五歳マッキンリー」

一ノ瀬が海外の山にまで登っていたと知り、草は内心驚いた。登山を熟知しているかのような久実の口振りにも。

「国内では単独。海外でもほぼ単独、現地でガイドを雇ったりはしますけど。そのうえ、ネパールの八千メートル級に登るパーティーからも誘われていて、その登山計画まであったんですよ」

語尾は明らかに非難めいていた。

丸みのある広い額を出したまま、久実が大きく息を吐く。対向車のヘッドライトを受け、目の光がふくらむ。涙を滲ませたのだ。

「でも何も話してくれなかった。何一つ。あのノートを見るまで、私、何も知らなかった」

これって何なんでしょう、と今度は両手に顔を埋める。

彼のノートを頼りに、彼の登山の実際を少しずつ知っていった姿が見えるようだった。

前かがみになった久実に、草はかける言葉がなかった。ヘッドライトと照明灯の流れる車窓に、一ノ瀬を見、バクサンをも見る。

山へはもう。

そう言った一ノ瀬はきっと、己を試される極限の世界から離れようとしていたのだった。身も心も一つ。時間にも限りがある。家業の立て直しと、生死をかけた登攀は、どちらも片手間ではできない。将来を嘱望されながら家族のために筆を折った当時のバクサン以上だ。すでに、彼は実力のある者しか到達できない場所に立っている。

登山は事前の計画と準備が非常に重要であり、それをもってしても予測不能な大自然に翻弄される。草は、そんなふうなことを何かで聞いたか読んだかした覚えがあった。

思えば、一ノ瀬はいつも考え、的確に先を捉えていた。習い性のようだった。手伝いましょうか、と問う前に、ある雨の日は駐車場に立てる三角コーンを草の手からすっととって運び、ある朝は小蔵屋の第二駐車場で一人雪かきをしていた。苦境にあった久実に対し、迷ったら高いところへ出るんだ、視界が開ける、と助言したこともあった。

そうして、一昨日には、朔太郎の思い込みを解き、残りの倉庫整理を促した。どれも些細なことのようだが、些細なことの積み重ねが人生だ。

「盗み見かよー、まったく」

朔太郎のあきれたような軽い調子が、張りつめた空気をやわらげる。

ルームミラーから、一重のいたずらっぽい目が後部座席を覗いた。久実は目元を拭い、怒ったみたいに頬をふくらませて、車窓へ視線をそらせる。

あのさー、と朔太郎が続ける。

「自慢話にもできる話をしない、そんな男だから惚れたんじゃないの？」

久実が、ゆったりした白いパンツの右足を引き上げたかと思うと、ドンッと運転席を蹴った。

なんだよっ。うるさいのよ、あんたは。言い合いが始まった。

草は首を横に振り、目を閉じて背もたれに身体を預ける。久実から、シューッと、もやもやの抜ける音が聞こえてきそうだった。

結局は、山なのだ。

山の仲間でも、他の女でもない。

それがわかっていて、草自身も目をそらしていたと気づいた。知らず知らず、恐れていた。山か、久実か。そうした二者択一でなくても、いつか山に彼を奪われてしまうかもしれない、と。

懐で電話が鳴っていた。救急車のサイレンが次々迫りきて、人の声もする。

それらは暗闇の底から聞こえるようだ。はっとして目を開けた草は、まどろんでいた自分にあきれ、疲れているのだと自覚し、首にかけていた紐をしびれたような手でたぐって携帯電話を懐から取り出した。黒岩からだ。電話に出た時には、街灯に浮かぶ谷川岳の麓のドライブインに近づくところだった。その奥に、上越線だろう線路の土手が薄ぼんやり見える。もう、わずかな明かりとヘッドライトが頼りの山間《やまあい》におり、土合駅は近い。

「はい、小蔵屋の杉浦です。お待たせしてしまって」

「黒岩です。さきほどはどうも」

草はワイパーが規則的に掻くフロントガラスを見た。高速道路を走っていた時より、雨の降りが強い。

「何かありましたか」

「救急車が土合に。三人が病院へ運ばれるそうです」

この雨の中、下山したのだ。

久実と朔太郎が、息を呑んで聞き耳を立てている。

要点を草は復唱する。やっぱりあの救急車、と二人が小声を揃えた。サイレンの音は夢ではなかったのだ。草はスピーカー状態にしたかったが、手元が暗く、うっかりしたら大事な電話を切ってしまいかねない。久実が窓を少し開けたが、辺りからはもうサイレンも何も聞こえない。対向車すらなかった。

「それで、どんな容体なんでしょう」

「意識不明が一名。はっきりしたことは、まだ。一応、病院をお伝えします」

減速したパジェロは砂利まじりの広い横道へ入り、五、六十メートル先に白く浮かび上がる三角屋根の駅舎へそろりと近づきつつあった。草は病院名を復唱し、他の二人にも聞かせる。バクサンのポンヌフアンから近い病院だった。小蔵屋から直接病院へ行ったほうが早かったが、しかたない。

礼を述べる間もなく、また病院からご連絡します、と電話は切れた。

強張った声の余韻を破り、左のあれ公介の車だ、と久実が指差した。駅舎に鼻を向けて駐車してある四駆を真後ろからヘッドライトで照らし、パジェロはエンジンをかけたまま端に停まる。舗装道路の倍以上の幅がありそうな土の道はまっすぐ駅舎へと白っぽく浮かび上がっており、捜索関係者のものか、車は左右の端にぽつぽつと、駅舎前の右手にも数台かたまって停めてあった。駅舎の方には、ヘッドライトを点けているものもある。

下山したという安堵と、容体がはっきりしない不安がないまぜの中、今度は久実の電話が鳴った。公介です、と久実がすかさず言った。着信音でわかるのだろう。草はどきりとして着物の胸を押さえ、朔太郎は言葉にならない声を上げた。

「おれだ。終わったよ」

スピーカー状態にした携帯電話から、その声ははっきりと草の耳にも届いた。

うん、という久実の声はもう安堵の涙に濡れている。わずかな沈黙ののち、双方から続きを言おうとして、お草さんと朔太郎が、と言いかけた久実が黙った。

「滑落して意識が混濁した女性を、交代で背負って下山した。持ち物は粗方崖の下だ。くたくただ」

荷物は救出のために捨てたのか、女性の滑落時にどうかして落としてしまったのか。草たちにはわかりようもない。

鼻先から涙を滴らせる久実の顔を、光る携帯電話を、草は胸いっぱいにして見つめる。

「マンションの鍵を開けて、玄関に出てきたおまえに怒られて、シャワー浴びて、ベッドにごろんと横になることを考えたよ。何回も」

その時、前方が明るさを増し、エンジン音が響いた。一ノ瀬の四駆のエンジンがかかったのだ。

草はその不思議に目を奪われた。

「なあ、結婚しないか」

彼の声は日向みたいに、からっとあたたかかった。

横を見ると、久実もフロントガラス越しに一ノ瀬の四駆を見つめていた。そうして、血の気の引いた顔を濡らしたまま、パジェロを降りてゆく。よろよろと、雨の中へ。服のラメと白が微かに光る。どこへ行く気か確かめるまでもない。開いたドアの内側やシートを雨がぼたぼたと叩き、湿った山の香と排気ガスのにおいが車内へと吹き込んだ。

「おれは、おまえのところへ帰るんだ」

置いていかれた携帯電話は、後部座席の上でまだしゃべり続けている。

なんか恥ずかしいなあ、人のプロポーズって。

朔太郎の的を射たつぶやきに、草は目元を拭って笑った。

第五章

# たずね人の午後

草は晴雨兼用の蝙蝠傘を持って、軒下へ出た。途端に、むっとした空気に包まれる。

店前の駐車場に、ぽつ、ぽつ、と黒い染みが生まれては薄れてゆく。雨粒はよく見えないが、また降っているらしい。

地雨《じあめ》、小糠雨、飛雨《ひう》、叢雨《むらさめ》、天気雨。

このところありとあらゆる降りようを見た気がして、所どころ青い空を見上げる。あと十五分で六時になるものの、外は明るい。それでも夏至は過ぎている。

「降ってるわ」

後ろへ向いて伝える。すると、コーヒー豆を計量する久実と会計カウンターに並ぶ客が、

「増量！」

と、うれしそうに声を合わせた。

「それじゃ、ちょっと行ってきます」

「はい。いってらっしゃい」

土合駅の晩以降、客に接する久実はいつもと変わらない。十人ほどいる客の中からも、いって

らっしゃい、と声がかかる。

店前に停まったばかりの犬丸の車へ、草は近づいた。降りて年寄りの面倒をみようとした彼を制し、助手席へ乗り込む。

「お世話になります、いろいろと」

「とんでもありません。こちらこそ」

再び動き出した小振りな箱型の車は、乗ってみると空間が広く、甘いにおいが漂っていた。変速レバーにかけてあるレジ袋からはコーヒー牛乳の紙パックと菓子パンの袋らしきごみが覗いている。腹が減ってはなんとやら、なのだろう。役所勤めの犬丸は、端から同道するつもりだったらしく、タカハシマート社長高橋敬太郎《けいたろう》との面会を夕方に取り付けていた。

「聞きました。一ノ瀬さんは、山で大変だったそうですね」

誰からとは言わない犬丸の横顔を、草は見やる。

「ええ。でも無事で。入院した女性も、骨折と低体温症で済んだそうだし」

「小柄とはいっても四十キロくらいはあるわけでしょう。それをもう一人と交代とはいえ、背負って下山だなんて。いやあ、すごいです」

人のプロポーズってなんか恥ずかしいと、朔太郎に言わしめたあの夜から数日が過ぎていた。

西黒尾根では、当初、風雨の山中の一晩で体調を崩した女性を連れて下山するつもりだった。だが、休憩中に立ちくらみを起こした女性が滑落、男たちは使用中の無線も手にしていたザックも放り出して手を伸ばしたが間に合わず、さらに丸一日以上かけて、救出および、一段と困難になった自力による下山を成し遂げなければならなくなった。下山後、二人パーティーは病院へ運ばれ、一ノ瀬も念のため病院に行くよう勧められたが帰ると言って譲らなかったという。

それもこれも、情報が錯綜したあの晩に、病院から黒岩のくれた電話でわかったことだ。

消耗しきった様子の一ノ瀬は土合駅で、久実の運転する自身の四駆の助手席から、ご心配をおかけしました、悪かったな朔太郎、と言ったのみだった。朔太郎と草はパジェロで後ろに続き、久実たちのマンションからはタクシーで帰宅した。山のことも、プロポーズのことも、誰も口にしなかった。草にしてみれば、最悪の事態まで考えた緊張から解き放たれ、もうそれで充分だった。

犬丸の車は、広い河原をわたる長い橋を越え、混雑する国道との交差点をすんなりと走り抜けると、渋滞気味の市街地へ入った。

「犬丸さん、例のＤＶＤは」

「大丈夫です。持ってきました」

「高橋社長には、まず作品を観てもらいましょ。観れば、わかることだから」

草は小紋の膝に置いたハンドバッグをさする。一応、自分のＤＶＤも持ってきていた。昨日、無名の男の二作品が入ったものが沢口監督から届いたのだ。その話を犬丸にしながら、同封されていた便箋をあらためて開いてみる。そこには短く「普通は理解していただけない作品だろうと考えていたのですが杞憂でした」と太く読みやすい文字でそう書いてあった。

タカハシマート本社は、先日草が訪れた町中の、タカハシマート本店跡のオフィスビル内にあった。犬丸の話によれば、郊外にある大規模な社屋同様、自社ビルなのだという。七階以上がタカハシマートとなっているビル案内板に従って中へ入ると、一部にカウンターのある広々した七階の事務所から、十四階の社長室へ通された。

「お待ちしておりました。どうぞ」

奥の机から歩み寄ってきた社長は、まだ五十そこそこといった感じだった。がっちりとした長身だが、物腰はやわらかく、黒縁眼鏡の笑みに親しみがこもっている。ひととおりの挨拶と名刺交換のあと、高校生の頃は映画同好会だったとか、と草がたずねると、高橋社長は少年のような笑みでうなずいた。

「水泳部と掛け持ちで。いやあ、映画大好き人間としては、沢口監督と聞いて協力しないではいられませんよ。ねえ、犬丸さん」

「おっしゃるとおりです」

映画祭を通じて面識はあったという二人の笑いが響く中、高橋社長が黒革のかっちりしたソファの応接セットへと誘《いざな》い、フライパンや野菜、果物といった静物のリトグラフが眺められる幅広のソファを勧める。すでに仕事を離れた雰囲気だ。

左手の大型テレビの脇には、背の高い観葉植物が一鉢。

町中にしては見晴らしがよく、二面にわたる広い窓からは、大型マンションの青い側壁と遠いビルの間に山並みが望める。青い側壁のマンションは、一筋向こうに最近建ったものだ。かつて駅の近くで長年喫茶店を営んでいた田中という小蔵屋の常連客が、そこへ越した人に中元を送っていた。

「こちらも以前は神戸町でしたか」

高橋社長が向かいの一人がけソファで、束の間小首を傾げた。

「ええ、そうでした。神戸町はまるごと、かなり前の区画整理で城東町に吸収されまして。えーと、では早速ですが、沢口監督のお願いというのは」

「人さがしです」

意外だという顔をした高橋社長に、草はメモを除いた記事のみのコピーを手渡した。

「小さな作品によって沢口監督に大きな影響を与えた、無名の男を捜しているそうで」

先に記事へ目を通そうとした高橋社長に、まずはこれを、と映像を観てもらうよう勧める。すでに犬丸が許可を得て、DVDプレーヤーの電源を入れていた。が、彼はソファに置いてあった鞄を探り、あっ、と声を発した。

「車にDVDを忘れたみたいで。鞄から出して確認して、どうもシートにそのまま……」

「持ってきたかいがあったわ」

草が自分のDVDを手渡すと、その様子を眺めていた高橋社長が微笑んだ。

「小蔵屋さんのお噂は社員からも聞いています。うらやましい。沢口監督が小蔵屋さんでロケされるとか」

「それが、まだはっきりとは。あっ……そうそう、ここにあった昔の本店を、まだ覚えていますよ。売り場が高級食材や輸入品でキラキラしていて、眺めるだけでも元気になれた」

「ありがとうございます。あれは先代の、亡くなった父の夢でした。夢だけあって算盤《そろばん》が合わず、大変だったようですが」

そんな雑談のあと、犬丸によってリモコンの再生ボタンが押された。

草は久実に操作を教えてもらい、自分のＤＶＤにある作品も何回か観てある。

沢口監督との電話で内容を知ったもう一本の作品も、想像以上だった。映像はやや粗めの画質に味があり、郷愁を誘う色合いや絵画のような構図が美しく、時空を超越した家族の物語は喜びも哀しみも大胆に突き抜け、医療チューブだらけの次男の老いた表情にすら人生のおかしみが漂っていた。

そのため草は、高橋社長の表情のみ見ていればよかった。

一本目の映像が再生されてすぐ、彼は太股に肘を置き前のめりになった。風に揺れるレースカーテンからの引きで現れる、のどかな休日の午後のようなリビングダイニングの光景に目を見開き、息を呑む。映像に釘付けでありながら、意識はどこか遠くをさまよっているかのようでもある。

何一つ問わず、犬丸や草に目を転じもせず、次の作品が始まった。

彼は幾度となく目を見開き、老いた次男の姿にはぽかんと口を開くとわずかに身を動かした。過去から突然立ち現れた者たちの一挙手一投足を食い入るように見つめる表情が、この場の時間までをやわらかな飴のように引き伸ばす。

その引き伸ばされた時間を、社長室のノックがふいに断ち切った。

我に返った様子の高橋社長は、すっと背筋を伸ばしたかと思うと、終盤の数十秒を残しまだ途中だったにもかかわらず、即座に手近なリモコンをつかんで赤いボタンを押した。ぼっ、という低い音とともにテレビ自体の電源が落ちる。

次男の死を予感させる大鳥の影、時が来たと知らせるかのような甲高いひと鳴きに、四人全員がそれぞれの世界で耳を澄ます最後の場面は再生されなかった。

真っ暗な大画面が引きずる緊張、高橋社長の隠しきれない動揺を、社員のにこやかな態度とコーヒーの香りがやわらげる。天井の照明を反射するコーヒーから視線を引きはがした高橋社長が、どうにかこうにかといった態で笑みを作った。

「きみさ、小蔵屋さんにコーヒーとは大胆だね」

きょとんとした社員がネクタイの胸にステンレス製の丸盆を抱き、大胆さだけが取り柄でして、と笑わせてから下がっていった。その笑いも先細り、沈黙に変わってゆく。

草は一つ息をついて、犬丸と顔を見合わせた。

犬丸の笑みと力強いうなずきに、自身の早とちりではなさそうだと口を開く。

「高橋さん、この二本はあなたの作品ですね？」

泳ぎ続ける視線を、一瞬、高橋社長が草へ向ける。

「どうして、これが沢口監督の手に……」

問いながら気づいたのだろう、高橋社長は記事のコピーへ目を落とした。握りしめたがためにくしゃくしゃになった部分を両手で広げ、目を走らせてゆく。時に信じられないとでもいうように首を横に振り、やがて口元を拳で覆った。

草は、高橋さん、と再び呼びかけ、さきほどの質問を繰り返した。高橋社長がうなずく。よかった、と犬丸が草の隣でうれしそうな声を上げた。

「早速、沢口監督に連絡を。セッティングしますから、ぜひ、お二人でお会いになってください。いやあ、もう、三山フィルムコミッションとしてもうれしい限りで」

ズボンのポケットから携帯電話を取り出した犬丸を、待ってください、と高橋社長が腰を浮かせて止めた。草もほぼ同時に手を出して犬丸を制していた。高橋社長の表情があまりに浮かないからだ。この場で急に老けたようにすら映る。なぜと問わずにはいられなかった。

しばらく沈黙したのち、高橋社長は応じた。

「入院中の老人、あれは父の弟でして。もう二十五年ほど経ちますが」

「辰太郎さん?」

草の問いに高橋社長が一拍置いてから、ええ、と返答した。

ふと草の思考は別へ飛んだ。四半世紀前というと、現在二十二歳の朔太郎が生まれる前の話だ。朔太郎の父親と高橋社長が従兄弟《いとこ》だとしたなら、もしかして朔太郎の父親の居場所を知っていたり、秘かに連絡を取りあったりしているのだろうか。

「叔父をご存じで」

「いえ、直接では」

「そうですか」

草は横を向き、犬丸を見た。犬丸の表情も曇る。ベッドに横たわる瀕死の親族にカメラを向ける、そうした行為には少なからず違和感はある。

高橋社長はきつく握り合わせていた両手をほどき、膝をなでつつ姿勢を正した。

「どうしてあんな映像を使ったのか……。後悔しています」

「ご本人の許可があって撮影されたんでしょうし」

「あのあと叔父は亡くなりました。とても誇れるような作品では。恥じています」

恥だなんて、と草は言い、そんなことは、と横で犬丸も否定する。が、高橋社長の表情は険しくなる一方だ。

「このDVDはあちこちへ配られたのでしょうか」

草は答えあぐね、犬丸へ視線を送る。首を傾げた犬丸は、この辺りでは三山フィルムコミッションと小蔵屋さんだけかと、とおずおず答えた。

高橋社長の吐く息は、ほっとして聞こえた。やっと笑みを見せる。

「すみません。ご厚意でこうして捜してくださったのに……。お二人、それから沢口監督にも申し訳なく思っています。しかし、人一人が亡くなるということを、これほど軽く扱っている。以前の自分の馬鹿さかげんには耐えられませんし――」

そんな、と草はあえて口を挟んだ。

「軽く扱ったなんて思いません。むしろ、高橋さんはご自身も死にゆく存在だと自覚した上でこう描いた、違いますか。生と死を思えば同じ運命にある仲間じゃないか、そんな人間くさいあたたかみさえ私には感じられる。沢口監督も、そんなふうに思われたんじゃないかしら」

「好意的に解釈してくださって、うれしいのですが……」

草は続ける。無名の男の存在に励まされるようにして、映画畑を必死に歩んできた沢口を思っていた。

「ある意味、作品は作り手から独立している、とも私は思います。高橋さんがどう謙遜され、どう反省されても、作品は作品。それだけの力があったのでは」

そのとおりです、と犬丸が身を乗りだして同意する。

だが、それでも高橋社長は強くかぶりを振った。

「そうおっしゃっていただくのは、ありがたく思います。もちろん、高く評価してくださった沢口監督にも感謝しかありません。しかし、とても作者だと名のり出たり、監督にお目にかかったりするわけには……。私も年齢を重ねました。子の成長を見られずに亡くなった友人や、今まさに生死を分かつ闘病に迫られた部下もいるのです。それだけに、叔父の最期をこんなふうに扱った自分が、今はどうしても許せない」

でしたら沢口監督だけに事実をお話ししてそっとお会いになるだけでも、と犬丸がとりなしたが、高橋社長の意向は固かった。

草は冷めたコーヒーを二口ほど飲んでから、気落ちした様子の犬丸と席を立った。

オフィスビルのエレベーターは人が多く、表は明かりが目立ってきていた。携帯電話をいじっていた犬丸が、正面玄関を出て足を止める。

「杉浦さん、すみません」

「はい？」

「三山フィルムコミッションから連絡が入ってまして。沢口監督のロケは日程の都合もあって、もう一つの場所のほうに決定したそうなんです。私としては、ぜひ小蔵屋さんでと思っていたのですが……」

立ち止まった二人を避け、オフィスビルから出てくる人々が左右へ分かれてゆく。

草はうなずき、承知しました、と添えた。露骨すぎるほど、ほっとした笑みが出てしまった。が、かえって犬丸も安堵したようだ。

「今日は、いろいろと申し訳ありません」

頭を掻いて大柄な身体を縮める犬丸に、気にしないでという意味で手を振った。

「いいじゃありませんか、無名の男を捜し当てたわけだから。それに、沢口監督にお会いできて楽しかったし」

そうおっしゃっていただけると、と微笑んだ犬丸と、近くのコインパーキングへ歩きだす。明るみの残る空の下、飲食店の明かりが人々を誘っていた。揚げもののにおいとともに、熱をもったアスファルトと緑のような、人を浮き立たせる夏の香りも漂う。

由紀乃の話にあった小料理屋布袋の前を通り過ぎる。布袋にも明かりがともり、縁起担ぎの盛り塩に招かれてか、背広姿の男たちが白い暖簾をくぐる。

「今後、高橋さんのこと、どうします？」

犬丸は問いかけに思案顔のまま、コインパーキングの自分の車に着いた。草の用意した多めの駐車場代を、とんでもないです、と言って受け取らない。

「少し時間を置いてみます。高橋社長のお気持ちが変わるかもしれませんし」

「そうね。沢口監督には？」

「今日のところまでは、ありのままご報告しておこうかと」

「じゃ、あとはお願いします」

帰りの車中、草はこのところなかった解放感に包まれた。

沢口監督をめぐる二つの件は手を離れ、一ノ瀬は山から帰り、あとは久実の結婚だけ。

とはいっても、と口の中で言っていた。

そのつぶやきに、自分のぼんやりとした懸念を意識させられる。

沢口さんによろしくお伝えください、と草が路肩で車を降りると、閉店直後の小蔵屋はまだカウンター周辺が明るかった。

軒下にスポーツタイプの黒い自転車があり、ガラス戸の向こうに朔太郎がいた。流しにいる久実に、小型のビデオカメラを向けている。子供の運動会の時に親たちが使うような、片手で撮影できる機械だ。カウンターには、凝ったラッピングの青い花束が横にして置いてある。朔太郎がにこやかに何か話しかける。久実は泡のついた手で追い払う仕草をする。

ただいま、とガラス戸を開けるのと、やだって言ってるでしょ、という久実のきつい口調が重なった。おかえりなさい、と表情をやわらげた久実に草は軽くうなずいて応え、わざと朔太郎へとがめる視線を送る。家族をめぐる話題に敏感な朔太郎に、どこへ行ってきたかを伝える必要はないし、どうでしたか、と久実も訊かない。

「これっ、仕事の邪魔をして」

朔太郎が不満そうに肩をすくめ、小型ビデオカメラを持ったままの右手で花束を示す。

「婚約祝い持ってきたのに？　記念撮影じゃないか」

あらきれい、と草は久実の方を見ずに微笑み、その機械なんていうんだったっけ、とたずねた。一重の目の澄んだ瞳がくせ毛の下から久実にちらっと視線を送り、なんか変だよね、と問いかけてくる。が、それもほんの束の間だった。

「ソニーのハンディカム。山の家に来る草刈りの人にもらったんだ」

さも興味ありそうに、商品名を草は鸚鵡返しにする。朔太郎が近づいてきて、黒い機械を見せた。

「最新？」

草の問いに朔太郎は、中古だよ、と笑い、機械上部のレンズ側を指差した。そこには銀色のマジックで横並びに「ＷＡＤ」それから小さな三角形が直書きされていた。なるほど、よく見れば薄汚れてもいる。

「ふっるい、古い。もらいものの、もらいものだもん。しかも、なんと八ミリテープ。テープの寿命が十五年から二十年らしいけど、なんとか使えるんだ。いいでしょ」

草は機械のことはよくわからず、十五年くらい前のかわいらしい朔太郎を想像したに過ぎない。それでも、朔太郎がうれしそうだし、久実も一息ついて機嫌を直したらしいので、数回うなずいておく。

あの土合駅の晩の、実に翌朝から、一ノ瀬は通常どおり出勤、それを詫びや礼とともに報告した久実もすっかり自分を取り戻していた。

ただし以来、久実はプロポーズについても、ましてや婚約についても一言も触れていない。その手の話題を、全身から発する雰囲気でうまく避けていた。だが、それも朔太郎には通じなかったようだ。

久実が器を拭きながら、カウンター内から声を張る。

「車も中古を譲ってもらえるんでしょう、草刈りの田丸さんから」

「へえー、あの青いトラックみたいな？」

先日そのカウンター席に座った草刈りの人を、草も思い出せた。口まわりの短い髭、眼鏡、厳つい肩、雨で流れてしまった外仕事、それと印象的な大きな車という形で。

「じゃなくて、ミニバンになったんだ。あのピックアップトラックは維持費がかかるし、でかくて町中の駐車場に困るだろうってことで。ミニバンは、おれが一回で払える特別価格。長く世話になってるからって」

「あのね、それは朔太郎あんたにじゃなく、お祖父さんにお世話になったってことだから」

久実の念押しを、あーはいはい、と朔太郎が受け流す。

草は一拍置いてから、一つ報告した。

「連絡があったの。沢口監督のロケは、ここじゃなく別のほうに決まり」

久実は数秒間かたまったあと、えーやだあ、どうしてー、と身をよじって残念がり、朔太郎がお気の毒さまといった雰囲気の少々皮肉な微笑を浮かべる。

日程の都合でみたいよ、と草は安堵の笑みを悟られないよう顔を伏せ、カウンター内へ入ると前掛けを手にした。今日もこれから中元の発送準備で残業だ。二人で一時間はかかる。が、気を取り直した久実から、お中元の今日の分は完了です、朔太郎が手伝ってくれたから、と言われた。器用なんだ、包装もばっちり、と朔太郎が指の長い手をひらひらさせて胸を張り、まあ認めてあげる、と久実が眉を上げる。

疲れていた草は、心底助かった気分だった。

「ありがとうね、朔太郎。じゃ、アルバイト代を弾むわ」

いいんです、と即座に久実が言い放ち、バイト代としてお草さんのポトフ食べたもんね、と朔太郎に答える隙を与えない。久実のために用意してあったポトフを譲ったらしい。青のこぼれるような濃淡が美しい花束と、そばにあったトートバッグと黒いリュックを持つと、朔太郎の背を押してさっさと帰っていく。久実の閉めたガラス戸の向こうから、お疲れさまでしたー、と二人の声が重なる。おかげでこっちはお腹ぺこぺこ。今夜は一ノ瀬さんが飯作って待ってるんだろ、いいよなあ。そんな声まで届く。

草は離れてゆく自転車の後ろ姿と、テールランプを光らせたパジェロを見送る。

「辰太郎さんか」

　彼が見ることのなかった孫を、自分が見ているのだと思うと、時空を超えたあの家族の姿が彷《ほう》彿《ふつ》とした。と同時に、つまらないことを言うものだと、高橋社長に対して思う。

　恥じている？

　叔父の最期をこんなふうに扱った自分が、今はどうしても許せない？

　あれでは、胸打たれた鑑賞者までが恥を知れと言われたようなものだった。

　あの作品はいい。作者の言いようにはがっかりだが、その思いは揺るがなかった。

　辰太郎という人はあの映像作品をきっと喜ぶに決まっていた。なにせ、映画を愛し、瀕死の自分にカメラを向けさせた人だ。沢口監督に握手を求め、話をしたがるだろう。孫の朔太郎が生み出す、あの全身を魔界の蝶に覆われてしまったかのような苦悶する男の像や、うずくまった人にも見えた変種のイソギンチャクのようなオブジェ、あるいは草木や昆虫、雨だれといった記憶の標本のようなガラス板の作品についても、目を瞠るはずだ。

「本当にあの人が作ったのかしら、って感じ」

　翌日になってから、バクサンへ電話で報告しても、草はつい言っていた。

「そんなもんさ。青の時代やゲルニカを遺したピカソだって会ってみりゃ女たらし、島崎藤村や太宰治もそばにいたら大変な友だ」

「まあね。でも今回は逆。常識人なんだもの」

「敬太郎さんだったとはね。世界シェアの機械部品メーカー三山テクノロジーの社長の娘さんと結婚、今では関東圏に広がるスーパーマーケットの社長だ。社員、関係先、一体何家族の生活がかかっていると思う？　常識人でないとつとまらないさ」

同情的な響きがある。求められる役目のために人は変わらざるを得ないということか。高橋社長はポンヌファンの上客だった。草はこの電話で初めてそれを知ったのだが、地域で長年愛されるポンヌファンだから、まあそうだろうとも思った。

「混沌の中から咲く花。作品はそういうものなんでしょ」

「常識とは遠くにありて思うもの、だったよな、おれたちは」

バクサンが鷹揚《おうよう》に笑う。

元夫の率いた芸術家集団「天」の若者たちは当時、常識に馴染めず、また常識に返ろうともしなかった。捨て身で勇敢だった。傍らにいただけの草までが、その一員だったかのように言われると悪い気はしない。

「しかし、タカハシマートの社長だったか。まっ、これで、おれも御役御免ってわけだ」

店を譲る。

バクサンの未だ語らない今後に草は思い至り、おかしな間を作ってしまった。いずれ時が来れば話してくれる。それはわかっているし、待てる友人でありたい。

「おーい、もしもし？」

「無名の男が誰だったかは、他言無用ですから」

「あいよ」

バクサンの口は堅い。信頼できるそこが、今日の草には少々寂しくもあった。

電話を終え、由紀乃宅の庭へ目を転じる。

レースカーテン越しに見る生け垣は、強い日射しに白く輝く。バリアフリー住宅の見本のような室内ではわからないが、外は三十度超えだ。

向かいのソファに身体を預け寝息を立てていた由紀乃が、電話を切る段になって薄目を開けた。そっと顔をこすり、不自由な左手を抱え込むような姿勢で、もぞもぞと背もたれから上半身を起こす。

「やだ、眠っちゃったのね」

「気持ちよさそうだった」

沢口監督のもう一つのお願いはどうなったのか、聞いておいてもらえればとも思ったのだったが、話し声はいい子守歌だったようだ。

残念ね、と由紀乃がアルバムに手を伸ばす。

布装の古いアルバムはローテーブルに広げられていた。銀座通り商店街の白黒写真を、昔の映画のチケットやパンフレット、映画祭のチラシなどが取り囲んでいる。

「映画の中で見る小蔵屋はどんなかしらって、わくわくしてたのに」

「そうでもないわ、私はね」

何度目かの由紀乃の台詞に、草はまたも解放的な気分を隠さなかった。由紀乃の期待はふくらんでいただけに落胆も大きかったが、遠慮はしない。

丸顔に丸眼鏡の由紀乃が眉根を寄せる。でも、半笑いだ。

「まったくもう、草ちゃんは。私のこと、ミーハーだと思って」

お店に戻らなくていいのかと由紀乃が言いかけ、周囲を見渡し、口元を塞いだ。二時半を過ぎた壁掛け時計、筒状の保温容器や空の密閉容器を風呂敷に包む草の手元、ケーキを食べたあとの皿やぬるくなった紅茶の残りを見て、今日小蔵屋が定休日だったことをどうにか思い出したらしかった。

親友のおぼろげな短期記憶と不安な心を補強すべく、草はにっこりする。

「おいしかったわね。とろろと鰊《にしん》の、そこそこあったかいおうどん」

胃袋が鮮明な記憶を呼び起こしたらしく、由紀乃が微笑み、腹をさする。

「そうね、とってもおいしかった」

実際、茹でてきた水沢うどんをここで熱湯にさらして器ごとあたため、持参したつゆを少なめに入れ、とろろ、取り寄せの身欠き鰊の甘露煮、薬味を加えたら、熱すぎず腹も冷えず、しかもやわらかめに仕上がり、実によかったのだった。このところの蒸し暑さで食欲が落ちていた由紀乃も、ケーキまで食べたほど食が進んだ。

「もう、昔のことなのね」

由紀乃の目が、開かれたままの古いアルバムへとまた落ちる。その眼差し一つで、何十年もの歳月をさかのぼる。それが草には、はっきりとわかった。

「約束でさえ、なかったことになるんだわ」

由紀乃の声色が何か普段と違っていた。

「娘を頼む。それが口約束でも、亡くなった途端に反故《ほご》だなんて。やっぱりひどい」

草は顔を動かさずに、自身の竹柄の綿絽《めんろ》に視線を這わせる。おかしなことに、自分が由紀乃の亡夫でないことを確かめていた。由紀乃の声は、夫婦だけで話す時のそれだった。草が小用に立った折などに、茶の間に戻って終わりのほうを耳にした、喉の緩んだような声音。

「辰太郎さんが亡くなったら、そりゃ、自然に社長の御鉢は敬太郎さんへ回ってくるでしょうよ。あからさまね。娘さんが気の毒。用なしとばかりにさよならだもの。あてつけみたいに敬太郎さんのお友だちと結婚を急いだ気持ち、わからないじゃないわ。どうして平社員なんかと、って陰で言う人もあったけれど。あちらは社長令嬢こちらはたまる食堂の息子だものね、なんて」

由紀乃の視線の先には、銀座通り商店街の白黒写真があった。たまる食堂前で、由紀乃の亡き夫が自転車に跨がり、後ろに息子の杜夫を乗せてポーズを決めている。

草は何も言わず、ただ親友の夫のつもりになってそこにいた。

このところ、こんなふうに繰り返し語りかけていたのだろうか。

それにしても、かつて高橋社長が朔太郎の母親を捨てた、まさかそんな過去があったとは。記憶をかき回してみたが、ここまでの詳細を聞いた覚えはなかった。

いい話ではない。話を広めればさらに人を傷つける。だから、ずっと夫婦間のみに留めておいた。そんな由紀乃の気持ちを察し、いかにも彼女らしいと感じた。社長の椅子が叔父へ、叔父の系統へと持ち去られるのを恐れて叔父の娘との結婚を決め、その心配が消滅すれば今度はより条件のいい結婚へと乗りかえる。打算的で、高橋社長の行動はある意味わかりやすい。

だが、朔太郎の母親のほうは、自尊心を傷つけられただけでなく、高橋敬太郎という男を好きだったのだろう。そうでなければ、自分を捨てた男の友人など選ばない。何かしらのつながり、感情的な反応を得ようとしたのだ。心の傷は、他人からの好奇や哀れみの視線によってさらに広がり、家庭の崩壊へとつながったのかもしれない。

高橋社長のいとこは、朔太郎の母親のほうだったわけだ。

出てゆく父。まだ子供の朔太郎。現実逃避の母と、母に従順な姉。あの家族の姿が見えるようで、草はやるせなかった。

家族の哀しみから自分を引き離し、映像でしか知らない辰太郎を見つめる。千切られた綿のような残りの命を医療チューブにつないだ姿は、苦しそうだったが、とても親しげな笑みを見せてもいた。

彼の死が四半世紀ほど前。朔太郎が二十二歳。朔太郎には姉がいる。考え合わせれば、葬儀からわずか一年ほどの間に、口約束は反故にされ、二組の結婚が成立したことになる。

あの映像作品を生み出した無名の男は、高橋社長ではない。

高橋社長が、罪悪感を呼び覚ます叔父の末期を人目にさらすなど、絶対にあり得ない。あの映像を目にした時の反応がその証拠だ。

長いことアルバムを見つめていた由紀乃が、冷めきった紅茶を啜ると、やっと顔を上げた。草に向く。カメラの絞りを一段ずつ絞るようにして、視線が合ってゆく。

その日は今度、まぎれもなく現実の草を見ていた。

草が一つの確信と、あるひらめきを得たのは、その日の帰宅後のことだった。

まだ明るいうちに風呂に入る。汗が引くのを待って湿布を貼る。縁側で麦茶を飲む。いつということもなく、無名の男の天気雨や、朔太郎の雨だれの標本などが浮かんでは消え、やがて沢口監督のインタビュー記事のコピー、その裏の自分が書いたメモへと手が伸びていた。

考えるために、折り込み広告の裏を使った。次から次に単語を書き、丸で囲み、関連づける線を引き、あるいはその単語や線をぐしゃぐしゃな線で消した。一つ目の確信を得たのは、そうした作業の末だ。

「こんにちは」

柱時計は六時近かったが、そう聞こえた。

一日を簡単に終えるにはもったいないような明るさの庭に入ってきたのは、一ノ瀬だった。会社の主要部門である梅園からの帰りだろうか。袖をまくったワイシャツ姿で、これどうぞ、と小さな折を差し出す。折の掛け紙には、うの字が鰻となって躍る「うなぎ茶漬け」とあり、これから夕食の草を喜ばせた。

「好物だからうれしいけど、これじゃ逆？」

あはは、と笑う一ノ瀬を、草は上から下まで無遠慮に眺める。右頬や顎、手のあちこちにひどい擦過傷《さっかしょう》があるものの元気そうだ。先日の谷川岳で何かがほぐれたのか、身も心も軽くなった雰囲気がある。

「おすそ分けです。このところ、栄養をつけろとこの手のものがあちこちから」

「ありがたいわね。じゃ、遠慮なく」

一ノ瀬が縁側の団扇《うちわ》やら文字だらけの裏紙やらを適当に除けて腰かける間に、草は台所を往復して麦茶を出した。何か食べるかと訊いたが、一ノ瀬はこれから飲みに行くのでいらないと言う。

「会社の宴会?」

「辺見《へんみ》さんと」

「ああ、探偵社の」

「谷川岳の慰労をするから来いと。地獄耳なんです」

草は無料でだいぶ世話になっている元警察官の名を聞き、よろしく伝えてほしいと言い添える。うなずいた一ノ瀬が、寄ってくる蚊らしき虫を素早く団扇で追い払う。草は蚊とり線香をつけて、沓《くつ》脱《ぬ》ぎ石の脇へ置いた。桔梗《ききょう》柄の浴衣の袖や裾から覗く湿布に視線を感じるが、今さら剝ぐのも不自然すぎた。これじゃ逆でもないか、と草が降参気味に言うと、また一ノ瀬が声を立てて笑った。

「驚いたわ、マッキンリーだなんて。そんなにすごい山男だったとは知らなかった」

一ノ瀬が、誰から聞いたのだろうという顔を向けてくる。だが、黒岩とでも考えたのか、すぐに庭へ目を転じた。

「冬季、というわけじゃありません。それに、とても厳しい山だけど毎年大勢が登る」

高峰を仰ぎ見て、人と競う気はさらさらない。そんな一ノ瀬の横顔に、やっぱり山が似合っているな、と草は思う。求婚後、久実とはどうなっているのか。訊いてみたい気持ちはあったが、口出しするのは憚られた。

子供たちのはしゃぎ声が庭の向こうを通りすぎ、焼肉のようなにおいが漂ってくる。

「久実と結婚します」

庭を見ていた横顔がこちらへ向く。通年色褪せない肌の目尻に、優しそうな皺がよる。

心の声が聞こえたかのような言葉に、草はぽかんとした。目の前が明るくなってゆく。近頃の久実の元気そうでいてどこか苛立っている様子が気がかりだったが、取り越し苦労の霧は瞬く間に晴れていった。

「そう。よかった」

じわじわと胸がいっぱいになり、気持ちを押さえるのに苦労した。

「おめでとう」

礼を言った一ノ瀬が、膝に手をつき、さっと頭を下げた。

「すみませんでした。山へはもう、と言っておきながら」

「私こそ悪かったわ、あんなこと訊いて。山へ行くも行かないも、公介さんの人生なのに」

二人して庭を見やり、息をついた。

「おれには、どんな約束もできない」

彼がまた団扇を持った。ゆるりと動かし、蒸し暑い空気と、蚊とり線香の煙の筋をかき混ぜる。

「けど、まあまあ努力はする。そう久実に言いました」

「まあまあ?」

「ええ、まあまあ。大きなことは言えません」

草は表情を緩めた。山に対して謙虚な彼のことだ。山も人生もままならない、だからまあまあ。そんなふうに自分へ言い聞かせながら、最大限の努力を惜しまないのだろう。

「お草さん、お願いがあるんです」

「なあに?」

「久実の味方になってやってください。うちは、とても難しい家族だから」

簡潔な言葉の中に、複雑なものがあった。県内有数で同族経営が前提の家業。不安定な経営状態。山で若くして亡くなった弟。弟の遺子である姪とその母親。久実と一ノ瀬が出会った事件の際も、兄らの対応は実に冷やかだった。

草は自分の娘を嫁がせるような思いで、深くうなずく。

「約束するわ。ずっと久実ちゃんの味方でいる」

口がなめらかになった一ノ瀬は、年内に結婚をとは思うが、親族への挨拶、新居探し、その他諸々を考えるとすべきことが山のようだと言い、麦茶を一息に飲んで立ち上がった。沓脱ぎ石の向こうへ下り、草へ向き直って後ろ首を揉む。

「大体、プロポーズからやり直しですからね。ケータイをパジェロに置いてきちゃってろくに聞いてないし、あと、傷が治ってからにしてほしいそうで」

草はひっそり笑った。スピーカー状態だった携帯電話で朔太郎と全部聞いていたとはとても言えず、披露宴での暴露話にとっておこうと思うと、堪えるのが余計に難しい。

なんとか笑いをおさめた草に、なんですかこれ、と一ノ瀬が訊いた。彼の目は折り込み広告の裏の字に向いていた。

「W、A、D。ワァッド？　札束？」

「札束って意味なの？」

「英語なら、札束か……かたまり？」

それは、考えるのに疲れた末、昨日朔太郎が持っていたハンディカムに書いてあった銀色の横文字が頭に浮かび、何の気なしに書いただけに過ぎなかった。

「ああ、ただのいたずら書き。なんでもないの」

「危険な用があるなら、辺見さんに頼めますよ」

一ノ瀬の冗談に二月の騒ぎが思い出され、含みのある笑みを交わした。

その夜、草は九時近くなっても神経が昂《たかぶ》ったままだった。

喜びの一方で、座卓で頬杖をつき、ずっと同じ考えにとらわれていた。折り込み広告の裏に書いてある文字をボールペンで繰り返し突く。

無名の男は、高橋社長じゃない。この人だ。

なら、彼は今どこに？

その先を考えても、堂々巡りになってしまう。どう捜すか。誰を頼ったらいいのか。誰のために何のために捜すのか。そもそも捜すべきなのか。

疲労で鈍さを増した頭は、冷蔵庫から旬のさくらんぼを出して食べたがり、いたずら書きの横文字をボールペンで無意味になぞっている。

草は歯磨き後だったが自分にさくらんぼを許し、書き慣れない横文字の下手さかげんに笑った。記憶どおり横文字脇に小さな三角形もなんとなく書き足してみたものの、二辺が飛び出してしまって、不格好なAに見えた。

あれ、と思い、草は目を瞬いた。

突然、頭をはたかれたようなショックが走った。

自分では読めず意味もわからなかった、ハンディカムの銀色をした手書きの横文字が、はっきりと意味を持ち、訴えかけてくる。つかんだ糸口は、輝き始め、折り込み広告の裏の幾つもの単語を関連づけてぐんぐん彼方へと伸びてゆく。

耳につく興奮した息づかい。文字と線だらけの裏紙。勝手に動いていたようなボールペン。狐《こ》狸《り》さんじみたいたずら書きからの、あるひらめきに、全身が鳥肌立った。

「でも、そんなことが……ある？」

草は裏付けをとるために、電話をかけた。

一本は沢口監督に。

もう一本は朔太郎へ。

電話を終えると、柱時計がカチッ、ジーッと短く鳴った。掛け金を外すような、力をため込むような、耳慣れた音。十時。正時を告げる最初の鐘が鳴る。

七月の第二日曜、小蔵屋の開店前に、草は山の家を訪ねた。

丘陵の麓から、大きなテラスのあるログハウスと四角い二面鏡のカーブミラーの間の坂道を上がってゆくと、ニセアカシアの木洩れ日の下で草刈り機の唸りが聞こえてきた。

薄雲が広がっていても、日射しは強い。登り口で閉じた蝙蝠傘を突きながら、ぼちぼち草履の足を進める。時々風があり、砂色に細線の小千谷縮《おぢやちぢみ》の裾をなびかせる。今朝は河原方面へ歩く体力をこちらに充てた。痛がって動かなければ身体がだめになるし、かといって無理もいけない。それでも晴れの日が多くなるにつれ、体調も上向きになってきた。按配、按配と、草は口に出して自分へ言い聞かせる。

たどり着くと、青々とした草の香に包まれた。ジー、ジッジッ。蟬がどこかへ飛んでゆく。

少々上がった息を整え、額の汗を拭う。

八時前だったが、先月雨で中断したという草刈りはほとんど終わっており、敷地はさっぱりしていた。片流れ屋根で開口部の大きな山荘と青いピックアップトラックの周辺には、刈った雑草の山がいくつかできている。

「おはようございます。すみませんね、お忙しいところ」

「小蔵屋さんも、日曜は特にお忙しいでしょう。今日しか都合がつかなくてすみません」

朔太郎が留守なので、早朝に大声でも遠慮はいらない。草は朔太郎への電話で、庭の手入れを頼みたいから草刈りの田丸さんに小蔵屋へ電話してと伝えてほしいと言ったのだった。あー、忙しそうだから無理かも。庭に入る前に、一応電話を入れてもらってるから話してはみるけど。そんなふうな応答だった。

それでも草刈りの田丸は、小蔵屋に電話をかけてきた。予定が立て込んでいるから他の業者を紹介すると申し訳なさそうに言われ、草はこう呼びかけた。

――高橋さん、ですよね。朔太郎さんのお父さんの。

その後の沈黙はとても長かった。

電話が切れたのかと心配になる頃、彼は咳払いをすると、今日の約束を申し出た。

――でも、その時間だと朔太郎さんがいるんじゃ……。

――あの子は金土日と、泊まりがけで出かける予定なので。

彼は、朔太郎をあの子と呼んだ。それが答えだった。

「あちらの木陰でいかがですか、どうぞ」

締まった太い腕が伸び、敷地の突端が示される。そこは開けていたものの、端には木もあり、その木陰には映画監督用のような折りたたみ椅子が用意されていた。山の家の中にあったものだ。そう草が言うと、朔太郎の父である高橋はまだ合鍵を持っているのだと答えた。別居してここに暮らしていた時期もあるのだから、もっともだった。

折りたたみ椅子に草を座らせた高橋は、右隣へまわって、土地の端に腰を下ろした。この敷地の縁《へり》に並ぶ石の一つに直に座り、街の方に向かってぶらんと足を投げ出す。石は、丘陵に造成した平らな地所を支える擁壁《ようへき》の石垣の上部だった。うっかりすれば下の藪まで五、六メートル落ちることになるが、彼は気持ちよさそうだ。地面に置いてあるクーラーボックスから取り出したペットボトルの麦茶を草へ勧め、自分もぐびぐびと勢いよく飲む。同じペットボトルが、鍛えられた身体の彼が持つと小さく見える。

見晴らしがよく、強い日射しに炙られている紅雲町が見渡せた。梅雨明けはまだだというのに、朝からめらめらと白い。それでも木陰は涼しい。

高橋は眼鏡を頭に上げ、首にかけていたタオルで顔や首を拭った。

「不思議です。朔太郎や文が私だとわからないのに、なぜ小蔵屋さんはわかったのか」

口まわりの短い髭に、タオルの長い繊維がついて、風に飛んでいった。

「というか、どうして朔太郎さんたちは、お父さんだとわからないんです？　そんなに見た目が変わったんですか」

高橋はズボンの数多いポケットの一つから、二つ折りの財布を出し、小さめの写真を草へ渡した。写真撮影用の機械の中、三つ四つの男の子と女の子を抱えて男性が微笑んでいる。運動とは無縁そうな、ぽてっとした体型だ。眼鏡もない。鍛えた現在、顔は小さくなって縦長になり、体型は肩の広い筋肉質で、別人にしか見えない。こう言われて、眉間、目、鼻をじっと見つめれば、かろうじて同一人物とわかる程度だ。

無邪気にあさっての方に気を取られている朔太郎。不安げにレンズを睨む姉の文。その後の彼らの長い歳月を思い、草は胸が痛んだ。

高橋は今度、財布から出した名刺を草へ寄越した。高橋定次《さだつぐ》とある。

「現在は広告デザイン会社の映像部です。京都市内の」

草は身を引き、名刺と高橋の全身を交互に見直した。

「え？　京都の広告デザイン会社……って、じゃあ、ここの草刈りは……」

「高橋家と長い付き合いの造園業者に頼んで、下請けという話にしてもらっています。車も毎回そこから借りて。草刈り兼管理と称して年に数回通っているのは、義理の父への恩返しです。造園業者の請求明細にも、山の家にも妻はもとから関心がない。おかげで子供たちの様子も見られます。朔太郎のほうは、幼い時からよくここへ来ていますし」

ふふっと高橋が笑いをこぼし、朔太郎とはどうしてか大きくなるほど気が合いましてね、と言った。心底、うれしそうに。

それから、急に喉のつかえを感じたかのような咳払いをした。

「私が子供に接触するのを妻は許さないでしょうが。しかし、外見がこう変わって、今じゃ逃げ隠れする必要もありません」

「奥さんがいくら嫌がるたって、そんな馬鹿な話……」

草は息子との間を裂かれたつらさを思い出し、言わずにはいられなかった。いいんだとばかりに、高橋は首を横に振った。

「出ていくなら、子供と一切接触させない。妻が提示した唯一の条件を呑んで、私は家を出ました。妻と私があれ以上壊れないために、とりあえず。娘にも出ていってくれと言われましたよ。

別に困らない、と」

　何かに負けまいとするみたいに、彼はその横顔を引き上げた。

「まあ、そうなんです。妻の家は元々不動産収入だけで十二分に暮らせましたから、何ら困らない」

　黒い瞳がこちらへ向き、草の表情を探る。事情をどこまで知られているのか推し量っているのだろう。草は、奥さんも娘さんも小蔵屋に、とだけ話しておく。高橋は続けた。

「多くを犠牲にした、はかない平穏なんです」

　この状態を平穏と呼んだ彼は、空と街の方へ目を向けた。

「妻は父親が生きていた頃に戻りたがっていました。その時が、とても幸せだったんでしょう。でも、タイムマシンはない」

　かすれた笑いが、彼の口からこぼれた。

「家を出た頃はできるだけ遠くへと思ったのですが、せめて東京にしておけばよかった」

　ここは関東平野の北西の端。この眺めは、空も町並みも東京へと続いている。

　草は、小蔵屋のカウンターにいた高橋を思い出していた。支払い云々と電話していたのは、日銭仕事が雨でおじゃんになったからではなかったのだ。現在の仕事が、京都市内にある広告デザイン会社の映像部だというなら、今も変わらず映画好きに違いない。

　そこで、詳細な説明より前に、沢口監督のインタビュー記事とその裏のメモの両面コピーを先に手渡した。

「沢口監督の新作のロケ地に小蔵屋を、という話が一時ありましてね。結局、県内の他の場所に決まったんですが。で、その縁で沢口さんとお会いして、そこにある無名の男を捜してほしいと頼まれまして」

草はそう言い添えただけで、あとは麦茶を飲みながら彼を眺めた。

高橋は、さっと二秒ほど記事に目を置き、紙をあっさり裏返した。明らかに記事を知っている。目は、メモにあるいくつもの名字に釘付けだ。

頃合いを見計らって、草は口を開いた。

「先日、タカハシマートの高橋社長に会いました。無名の男かと勘違いして」

高橋が目を剝いた。だが、何も言わない。

「そしたら、高橋社長は自分だと認めたんです。あの二本の作品を観て、これは自分の作品だと認めた。でも、人一人の命をこんなに軽く扱って反省している、だから沢口監督には会えない、と」

嫌なものでも見るかのように、高橋が目を細め、眉根を寄せた。その視線は草の顔に向けられていたが、草ではない誰かを見ている。

「後日、結婚の口約束のことを耳にしました。とすると、作者は高橋社長のはずがない。亡き叔父の声を聞きながら、とてもああした作品は作れない。人にも見せられない。死にゆく人に信頼され、愛されていた人だけが、撮り、作れたんです。それがあなた。二人とも、映画が大好きだった」

高橋の目は饒舌《じょうぜつ》だった。見開かれ、潤む。草はさらに続けた。

「私は想像してみました。この辺りの映画好きは、昔、銀座通り商店街へ足繁く通ったもんです。キネマ国際劇場にもね。いつだって、いい映画がかかってた。あのキネマ国際劇場へ行けば、真ん前のたまる食堂にだって行く。食堂を営む映画好きの鈴木夫妻と意気投合もするでしょう。甥の友人が入社して、たまる食堂の息子だとわかれば、目をかけたかもしれない」

そこで草は一旦言葉を切った。

彼が手にしているメモの一部を指差しつつ、また口を開く。

「沢口監督が当初あたってみた関西の神戸、それに鈴木、田村、田丸。やがてこの県内に当たりがつけられ、今度は高橋だとなる。区画整理前、タカハシマートの本店は神戸町にあった。そうして、鈴木、たまる、高橋。地名と多くの名に縁のあるのは、朔太郎さんのお父さんだった。それにあのハンディカム。朔太郎さんは、和田さんの名が書かれていたハンディカムを、あなたからもらったと言った。田丸と名のる、あなたから」

ハンディカムの銀色の文字は、ＷＡＤＡ。持ち手部分に近かった最後の一文字は、長年の間に指などに擦《す》れてかすれてしまい、小さな三角に見えたのだ。

「和田さんは、受講時の変装用眼鏡の他に、ハンディカムもくれたんだそうですね。この前、沢口監督から和田さんへ確認してもらいました」

裕福な和田という人にとっては、失念してしまうようなことだったらしい。

結果的に、呑兵衛たちのあやふやな記憶は、八割方合っていたとも言える。

ここまでの経緯が信じられないとでもいうふうに、高橋は首を横に振った。

それから、息をゆっくり吐いた。

「私をどうしてもとタカハシマートに引き入れたのは、辰太郎さんでした」

彼によれば、現社長の高橋敬太郎とは高校時代に映画同好会が一緒で、自作の上映会となると辰太郎の自宅のホームシアターを借りて集まった。そこへ辰太郎自身も、映画好きが高じて時々参加。辰太郎さん、と呼ばせ、同好会の高校生たちとも親しんだ。特に、たまる食堂の息子は生まれた頃から知っていたので可愛がった。

高橋は実のところ、敬太郎とはどこか反りが合わず、辰太郎の勧めがなければタカハシマートに就職なんて考えもしなかったという。

「辰太郎さんは私にとって、友人でしたし、実の父のようでもありました」

高橋はぶらつかせていた足を少々引き上げ、下に続く石垣のどこかに踵を引っかけた。

椅子に座る草が横から見ると、曲げた膝に腕をのせて前傾姿勢になった彼は、擁壁の石垣に尻と踵しかついておらず、半ば宙に浮いているみたいだ。

「私のことを小さい時から、定次さん、と呼んでくれました。前の社長だった実兄のことも下の名前に、さん付け。本部長、部長クラスにも、野口さん、山本さんです。もちろんTPOで使い分けはしますが、誰に対しても基本、さん付けだった。相手を尊重し、重役たちにはあなたも社員と同じ人間なんだと気づかせる。辰太郎さんの流儀です」

あの映像は、亡くなると思わずに撮ったそうだ。

元気になって、こんな時もあったよね、と笑うために撮ったつもりだった。

ただ、辰太郎のほうは死期を予感したのか、娘と敬太郎の力になってやってほしい、頼むよ、と言ったという。

「こんな状態になってしまって、申し訳ないと思っています」

唇をきつく引き結んだ彼に、草は明るい声を用意した。

「でも、お子さんたちとは、これからが」

高橋が大きく息を吸い、ええ、と背筋を伸ばす。

「もう長いこと、朔太郎に正体がわかったらわかったでいいと思ってきました。それが、親子としての再スタートの時だと。しかし、意外と気づかないもの——」

人の気配がした。草が後ろの方を見るより先に、

「何、他人にぺらぺら話してるんだよ！」

と、吠えるような声がした。

小千谷縮の肩の、三メートルほど向こうに、身体を硬直させた朔太郎がいた。きりっとした白のボタンダウン、まっすぐ折り目の入った紺のズボン、革靴という身なりで、ふざけんな、と全身を震わせている。

高橋は擁壁の石垣の上で、変なふうに身体をねじり、背後の地面に両手をついていた。

「朔太郎……」

高橋の口は開いたまま。見下ろしてくる息子の青筋だった形相に、二の句が継げない。

おれだって気づいてたさ、と朔太郎が怒鳴り散らす。

「高三の夏！　あんたは、朔太って呼んだ！　ちっちゃい時の、あのふざけた呼び方で！」

朔太郎が指をねじ込まんばかりに、高橋の顔面を繰り返し指差す。距離があって届きはしないが、殴りかねない勢いだ。

「去年！　倉庫の二軍箱《にぐんばこ》って教えたら、わかったよな。二人で昔そう言ってた赤いボックスコンテナ！　ジャンクを放り込んでおくやつ！」

蒼白の朔太郎は、突き出していた腕を後方へやった。青いピックアップトラックへ。

「それから先月！　車に転がってた財布、こっそり見たんだよ！」

だったら、どうして知らんぷりなんか。そうつぶやいた草を、朔太郎が睨んだ。

「また、逃げられちゃうかもしれないからさ！　あの雨の日この男は、止めたって、止めたって、一回も振り返らなかったんだ！」

雨だれの標本が、草の脳裏をよぎった。雨の伝う窓ガラス。小さな手。決して振り返らずに去りゆく男。自分のものではない記憶が胸を突く。

当惑顔で言われるがままだった高橋が、とうとう口を動かした。

「なあ、なんで、こんな朝早く帰ってきたんだ……」

朔太郎が虚を衝かれたかのように黙り、顔を赤らめた。

会いたかったから。早く帰らないと会えないかもしれないから。朔太郎の心の声は、草の耳にも届いた。

朔太郎は素早く踵を返し、山荘に向かってずんずん歩きだした。その寸前、泣きそうなほど顔をくしゃくしゃにして。あの映像の、草むらに遊ぶ少年が重なって見える。朔太郎。朔太。さくたん！　高橋が両の手と膝をついた低い姿勢から、さっと追いかけながら呼ぶ。見事なバランスのスタートは、石垣の向こうの空《くう》を蹴るようだった。見守る草には、彼がどこか別の時空から現れたようにも思われた。

父親の呼び方を忘れたみたいな息子と、息子を誰憚ることなく呼ぶ父親。

言い争いは長引きそうだ。十一年分ではしかたがない。沢口監督と会う気はあるか。高橋にそう訊いておきたかったが、草は自分の名刺をクーラーボックスの持ち手を倒してそこへ挟むと腰を上げた。

晴雨兼用の蝙蝠傘を広げ、丘陵の道を下る。

ジー、ジーと蟬の声が降る。風が、ふわっと傘を持ち上げる。

頭上にニセアカシアの揺れる頃には、別の世界にいるはずの家族と歩いていた。雨のような木洩れ日の先に小さな妹の手を引く兄が、すぐそこにはこちらを見上げてはとことこと先を歩く息子がいて、背後には両親の気配があった。

「まったくもう、人をおいてけぼりにして」

なぜかその悪態が、手さぐりの未来に押し出してくれる。

恐れるな、行け、と。

数日後、沢口監督は小蔵屋のカウンター席で熱いコーヒーを啜っていた。

涼しげな素材の細身のスーツ姿で、寝不足の隠せない顔をなで、おいしいなあ、と唸る。睡眠を削り、多忙なスケジュールを押してやって来たのだ。

まだ開店前で、客はいない。

「で、彼は会いたくないと」

「というか、会わないほうがいいでしょう、とあちらは」

「でも、杉浦さんには会ったわけですよね」

長年想い続けた人との逢瀬を盗まれた、そんな雰囲気の恨めしそうな上目遣いに、草は困って額を掻く。

高橋定次は日曜のうちに連絡してきて、監督に会う気はないと答えたのだった。

そのため、草は高橋に代わり、先日の電話で沢口監督にこう伝えた。実際お会いしても私は普通の人間だし、家庭の事情もあり、表には出られない、と。しかたなく今も、同じ台詞を繰り返してみた。

が、沢口は引き下がらない。

「表になんて出なくていいんですよ、ただ会えれば。家はこの街なんでしょう?」

草は染付の蕎麦猪口のコーヒーを飲み、彼の気が静まるのを待った。

高橋定次の言ったそのままを、とても伝える気にはなれない。

――会わないほうがいいでしょう。有名であることに慣れ疲れた人の眼差しを、私は持たない。あるのは、無名の哀しみと安らぎってとこです。話が合うとは思えない。

なかなか辛辣《しんらつ》だった。私は持たない、その少々妙な言い回しは、持っていない、あるいは持つ気がないとも聞こえた。こうも言った。

――あなたを変えたのは、私でも、私の作品でもない。あなた自身が育んだ物語だ。よかったら、そう伝えてください。

その言葉には、何かを創り出す者の眼、気骨が感じられた。

高橋は現在、広告デザイン会社の映像部で、広告関連の他、一般の人々のための映像を制作し好評だという。結婚式関係の映像制作がほとんどだったが、そこから派生し、職人の仕事、農夫の日々、戦中戦後を生き抜いた老人の姿などに焦点を当てるようになったらしい。ある新郎が印《しるし》染《ぞめ》職人だったことがきっかけの、高橋の発案だった。還暦や米寿の祝いに親族が申し込んだり、自分の代で絶えそうな伝統技術を後世のために映像で遺しておきたいと職人自身が依頼したりするという。許可を得た作品は、将来、映像ライブラリーとして広く公開する計画もあるそうだ。観てみたいわ、と草は心から応じたのだった。

「あなたを変えたのは、私でも、私の作品でもない。あなた自身が育んだ物語だ」

二人は別々の道を行くのよ。そういう意味で、草は淡々と告げた。

誰からの伝言か理解した沢口は、なんて謙虚なんだ、と深いため息をつく。

まったく通じない。

草は噴き出してしまった。沢口の不満顔を前に、いずれあなたは高橋定次の作品をまた目にすることになる、違う形で出会う、と心の中でつぶやく。二人の感性が、二人の作品をいいと思う人たちが、きっとあなたたちを結びつける。

沢口は、草の笑いに渋々応じ、ぎこちない笑みを作った。

「あきらめはしませんが、今は自分の仕事に専念します」

「撮る前から話題ですね。中には厳しい意見も。犬丸さんに雑誌の特集記事を見せてもらいました」

かえって闘志が湧くとばかりに、彼はすっと両腕を伸ばして拳を握り、その身に引き寄せる。

「向かい風、結構。ただでさえ、映画業界はネット配信で激変します」

「ネット配信？」

映画は家にいながらにして、パソコン等で観ることができるようになってきている。ネット配信が世界を大きく揺さぶるだろう。そんな夢のような話に、草は目を瞬いた。

「もう、すごい時代なんですね」

「好きな時に、好きな映画が観られる。撮影技術も発達して、以前より楽に撮れ、豊かな表現が可能になる。おっしゃるように、すごい時代です。単館上映の小さな作品があっという間に世界を魅了し、忘れられていた名作や実験映画が多くの次世代を育てる、そういったことも夢じゃない。一方で荒れもするでしょう。配信会社に富は集中、業界構造は急変して、濫造、飽き、と嵐が吹き荒れるかもしれない。しかし、必ず映画は、映画を愛する私たちのもとへ戻ってきます」

映画業界のことはよくわからないながらも、草は思いを馳せた。

ロケットの有人飛行がめずらしくなくなり、コンピューターを自分で使うようになった今でも、人の喜怒哀楽はさして変わらない。生まれて死ぬまでの間に、どれほど画期的な技術が生まれようと、知るのは自分が心と身体でできているということだ。心身にちょうどいい規模と速度。加速度的な技術革新の中で、人間はその按配を探るようになるのだろう。

草の表情を眺めていたらしき沢口は、今度は自然な笑みを見せた。

「親やきょうだいと観た『ゴジラ』、デートで初っ端から熟睡しちゃった『ターミネーター』。ああいうのは忘れませんよ。映画館での記憶は強烈で」

「ほんと。どうしてでしょうね」

草はなんとはなしに和食器売り場へ目をやり、竹とガラスの器を眺める。

帯状の竹の伸びやかな曲線が舟形のガラスを包み込むあの多用途の器は、竹とガラス、二人の職人が互いの技術を認め、実際に会ったところから生まれたのだった。安くはないので、朔太郎の母と姉が詫びとして買っていった一つしか売れていないけれども。

帰ってゆく沢口を、草は軒下に出て見送る。店前の駐車場の照り返しがまぶしい。

「沢口さん」

タクシーに乗り込もうとしていた沢口が、動きを止めて振り向いた。

「京都市内にある広告デザイン会社、エルプラスの映像部に、面白い仕事をする人がいるんですよ。高橋定次さん」

「高橋……」

沢口が怪訝《けげん》な顔をする。

「ええ、高橋さんです。京都の、エルプラスのね」

草は意味ありげに、にっこりする。

やがて草の表情を映したみたいに、沢口の顔にも大きな笑みが浮かんだ。


これっ、営業中、と叱っても朔太郎が撮るのをやめない。

「お草さん、こっち向いて」

椅円のテーブルに寄りかかり、カウンター内にいる草と久実に例のハンディカムを向けている。客の引けた正午前にふらっと現れ、あの調子だ。朔太郎は、今朝沢口監督が来たのをまだ知らない。

試飲用の器を洗っている久実が顔を上げ、お父さんは、と訊いた。

効果覿面《てきめん》、朔太郎はハンディカムを下ろし、京都に決まってんだろ、と口を尖らす。

「お草さんに感謝しなさいよね。おかげで、お父さんと話せるようになったんだから」

明らかに照れくささを不機嫌に見せかけている朔太郎を、久実がかまう。

「ねえ、今度お父さんが来たら、山の家でバーベキューしようよ。みんなで」

「はあ？　やだよ。次は十一月で、寒いし」

「へえー、十一月なんだ。いいお肉、買ってく」

「それに八月末から就職して、おれは東京だ」

さきほどとは打って変わり、大人の表情と声だった。草は器を拭く手を止め、目をぱちくりした。久実も似たようなものだったのだろう。一瞬、しんとした。

就職ってどこに、という久実の問いかけに、朔太郎は野党第一党の職員になるのだと答えた。学生時代のバイト先なんだ、激務で飛び回る生活がたぶん性に合ってる、とも言った。

「アーティストになるんじゃなかったの？」

「もっとでかいものをつくるんだ。普通に政権交代する国。透明性の高い政治。で、おれたちみんなの税金を、おれたちみんなのために使うんだ」

とんと肩を揺らした姿に、なぜか自信が漲《みなぎ》っている。

草は隣にいる久実と顔を見合わせた。鏡像みたいに二人して口角を引き上げる。

「ほんとは簡単なのさ。おれたちは全員一票持ってる。A党がだめなら、ましな議員と政策が多いB党。それだけ。コツは、権力とつるんでるようなメディアは相手にしないこと」

久実が、さも可笑しそうに首を横に振る。

何とでも言えよと書いてある朔太郎の顔に、草は笑みを向けた。

「頼りにしてるわ」

「朔太郎、あんたならやれそう。体力あるし」

頭脳もね、と返した朔太郎に対し、もう久実は表を見ていた。ずらり並んだガラス戸の向こう、店前の駐車場へとトラックが入ってくる。ほら寺田さんよ、撮ってきて。オーライ。わかってるよね？　結婚のことだろ、おれからは言わないよ。そうした会話のあとに、朔太郎がガラス戸を開け、古いハンディカム片手に勢いよく外へ飛び出してゆく。軒下に膝をつくのも厭《いと》わず撮り始め、やがてトラックをぐるりめぐって草たちの視界から消えた。ようっ。こんにちは。男前に撮ってくれよ。かっこいいっす。男たちの声がする。

結婚について、久実はきちんとしてから寺田や由紀乃に話したいと言っていた。

久実が蛇口の水を止め、濡れた両手で流しの縁をつかむ。

「私、恐かったんですよね、あの時。本当に恐かった」

トラックが切り返してバックする。銀色の荷台に、強い日射しと駐車場の照り返しが複雑に反射し、久実の横顔を一瞬かすめる。

「もう公介は生きて帰らないかもしれない、そう思って」

草は返す言葉がなかった。同じ思いをした。今も思い出せば苦しい。

人を愛するとは、考えてみれば理不尽なことだ。愛する人を永遠に失う、その覚悟に嫌でも迫られる。

「これ、渡しとく」

草はノートパソコン近くの引き出しから一枚の紙切れを出し、久実へ手渡した。書類の端を切ったような小さな紙に、久実の氏名と携帯電話番号が書いてある。

「なんですか、これ」

「この間お世話になったから、黒岩さんへコーヒー豆を送ったの。そしたら礼状にそれが同封してあって、久実ちゃんにって。公介さんが旅館の親しい従業員の誰かに渡してあったらしいわ。万一の時は、ここへ知らせてくれって」

結婚していれば、必要のないものだった。

久実はあらためて両手でその紙切れを持ち、じっと見つめた。ぽとりと大粒の涙が紙に落ちた。鼻の奥がつんとした草は、まぶしい表へと視線をそらした。

ふと、先日の朝見かけた客の二人が目に浮かんだ。山の家からの帰りのことだ。丘陵の麓の大きなテラス付きのログハウスで、彼らはこちらに背を向けて庭の薔薇を眺めていた。無造作な白髪の常連が、ユミコがさあ、とかなんとか言い、緑色のブレザーを持った中年女性がくすくす笑っていた。

似たような毎日に見えて、季節はそっと変わってゆく。

外はまぶしいものの、雲が多くなってきていた。梅雨明けが近いのだろう。遠くで雷が鳴っている。

吉永南央（よしなが・なお）
一九六四年、埼玉県生まれ。群馬県立女子大学卒業。二〇〇四年、「紅雲町のお草」でオール讀物推理小説新人賞を受賞。〇八年、同作を含む『紅雲町ものがたり』（文庫化に際し『萩を揺らす雨』に改題）で単行本デビュー。以降、「紅雲町珈琲屋こよみ」はシリーズ化して人気を博す。
他の著書に『オリーブ』などがある。

---

雨《あま》だれの標本《ひょうほん》　紅雲町《こううんちょう》珈琲屋《コーヒーや》こよみ

二〇二三年十月十日　第一刷発行

著　者　吉永《よしなが》南央《なお》
発行者　花田朋子
発行所　株式会社　文藝春秋
〒一〇二―八〇〇八
東京都千代田区紀尾井町三―二三
電話　〇三―三二六五―一二一一
印刷所　萩原印刷
製本所　加藤製本



ISBN978-4-16-391759-7